플라스틱
범보

플라스틱 밤보

신 현 수 장 편 소 설

㈜자음과모음

뮬란이 좋아

"성형수술에 관심 없는 애가 어디 있니? 나도 콤플렉스 많아, 애."

교실로 들어서자마자 카랑카랑한 유라 목소리가 들렸다. 무슨 일인지 선아 책상 주위에 여자애들이 빵 둘러서 있었다.

궁금해서 아이들 틈을 비집고 보니, 선아 앞에 앉은 유라가 가슴을 흔들며 애교를 부리고 있었다.

"아이잉, 나도 상담해줘, 송 실장님. 응?"

"왜 이러셔, 의느님 손길은 필요도 없는 애가. 강혜규, 너나 앉아 봐."

선아가 유라한테 핀잔을 놓더니 대뜸 나를 가리켰다.

"나?"

"그래, 너."

유라는 어쩔 수 없이 뒤로 물러났고, 나는 엉겁결에 선아 앞에 마주 앉았다. 그렇지만 대체 이게 어떤 상황인지 이해할 수가 없었다. 점심을 늦게 먹고 이제 막 교실에 들어온 탓이었다.

"뭔데? 뭐하는 건데?"

"선아가 성형 상담해주는 거야. 성형외과 상담실장처럼."

내가 묻자 누군가가 대답했다. 그제야 짐작이 갔다. '성형수술 박사'로 통하는 선아가 점심시간을 틈타 일을 벌인 모양이었다.

요즘 선아는 절친인 인주와 내가 혀를 내두를 정도로 성형수술에 미쳐 있다시피 했다. 원래는 여드름 없애고 뻐드렁니 교정하는 것에만 신경을 쓰는 정도였는데 작년 겨울방학부터는 쌍꺼풀 안경이니, 코뽕이니, 얼굴 축소기니 하는 셀프 성형 기구까지 사 쓰며 심하게 유난을 떨었다. 그러다 부작용 때문에 좀 고생을 하더니만 자기 엄마랑 합의를 보았단다. 공부로 성공하긴 힘드니 성형수술을 해서 외모라도 업그레이드하기로. 그래서 이미 강남에 있는 성형외과를 몇 군데나 돌며 상담도 받았고, 이번 여름방학부터 수능 직후까지 할 수술 계획도 단계별로 쫙 세워놓았단다. 성형수술 인터넷 카페에 죽치고 살기 때문에 성형수술에 대해서 선아는 정말 모르는 게 없다.

상황을 파악하고 나니 유라가 선아한테 핀잔맞은 이유도 알 만

했다. 유라는 우리 꽃뫼중 여학생 전체를 통틀어 '톱 텐'에 꼽히는 미모를 자랑하는 아이다. 키가 좀 작은 게 흠이지만, 신체 비율과 몸매도 거의 완벽한 수준이고. 유라가 성형수술에 관심을 갖는 게 선아 입장에서는 충분히 어이없을 수 있는 거다.

그렇지만 선아가 나를 지목한 건 이해가 안 갔다. 대한민국 중고딩 여자애들 거의가 성형수술에 관심 있다 해도 나는 절대로 그렇지 않다는 걸 선아도 잘 알고 있기 때문이다. 솔직히 나처럼 개성적인 얼굴이 어디 있다고 칼로 찢고 뼈를 깎고 피를 본단 말인가. 생각만 해도 끔찍하다. 무엇보다도 난 무척 겁이 많다. 주사 맞는 것도 무서워할 뿐더러 딴 애들은 다 뚫은 귓불조차 여태 안 뚫었을 정도다.

"왜 나야? 나 성형에 관심 없는 거 너도 알잖아. 나 상담 안 해."

내가 자리에서 일어나자 유라가 이죽거렸다.

"얘, 송 실장님이 공짜 상담해준다는데 걍 앉아. 너야 하얀 피부에 보조개는 죽이지. 그치만 홑꺼풀 눈이랑 광대뼈, 들창코는 어쩔 건데? 돌출입도 진짜 촌빨 날리거든. 머리도 만날 그게 뭐냐? 머털도사도 아니고."

"내 얼굴이 어때서? 내 머리가 뭐?"

나는 톡 쏘아붙였다.

정말이지 난 '강뮬란'이란 별명이 싫기는커녕 영광스럽고 좋기만 하다. 내 얼굴이 만화영화 〈뮬란〉의 주인공 뮬란을 닮았대서 아이들이 놀림 삼아 부르지만 말이다. 뮬란의 생김새도, 영화 속 캐릭터도, 내 마음에 쏙 드니까. 또 남들이 뭐라 하든지 난 쇼트커트가 좋다. 샴푸하기도, 말리기도 쉬운 데다 간수하기도 편하니까. 솔직히 160센티미터인 내 키엔 보이시하고 시크한 쇼트커트가 딱 어울린다. 키가 크나 작으나, 개나 소나 긴 생머리를 고수하는 다른 여자애들이 내게는 이상하게 여겨질 뿐이다.

하지만 아이들이 어깨를 찍어 누르는 바람에 나는 도로 어정쩡하게 앉았고, 선아는 삼십 센티 자를 꺼내 들고 내 얼굴 길이를 재기 시작했다.

"어머, 학생은 얼굴 비율부터가 안습이네요. 이마에서 눈썹, 눈썹에서 코끝, 코끝에서 턱까지 비율이 0.8대 1대 0.8이라든가 1대 1대 1이어야 황금비율인데, 이건 뭐 비율이라고 할 수도 없는 수준이라……."

아이들이 킥킥거렸지만 나는 되레 턱을 바짝 치켜들었다. 그래서 뭐 어쩌라고! 선아가 나한테 한쪽 눈을 찡끗해 보이더니 자 끝으로 광대뼈를 톡톡 쳤다.

"비율은 나중에 또 얘기하고, 학생은 광대뼈 돌출, 이게 젤 문제네요. 옆 광대가 나와서 얼굴이 커 보이잖아. 이걸 깎아내야 해. 그래야 촌스런 얼굴이 쫌이라도 시크하고 슬림해 보이지."

아이들이 놀라워하며 한마디씩 했다.

"우와, 송 실장, 카리스마 쩐다. 진짜 상담실장 같아."

"그니까. 당장 성형외과에 취직해도 되겠어."

"노노. 성형외과 실장들이 얼마나 예쁜데. 송 실장은 얼굴이 좀 많이 달림."

선아가 아이들을 흘겨보더니, 매부리코에 걸린 뿔테 안경을 씩 추켜올렸다.

"쉿! 흐음, 코가 오뚝하고 이마가 훤하면 광대뼈가 나와도 괜찮아요. 전체 윤곽이 뚜렷해 보이니까. 그치만 이렇게 광대뼈만 툭 튀어나온 경우는 심각하죠. 사나워 보이고, 네모나 보이고, 빈티 나 보이고, 올드해 보이니까. 어머! 눈도 살짝 집어줘야겠다."

"아주 다 뜯어고쳐라, 뜯어고쳐!"

배알이 뒤틀려 나는 버럭 소리치곤 선아한테서 손거울을 빼앗아 얼굴을 비춰 보았다. 창으로 비껴든 햇살 때문인지 오늘따라 광대뼈가 유난히 도드라져 보이긴 했다. 눈초리도 평소보다 십 도 정도는 더 올라간 듯하고……. 슬며시 장난기가 발동했다.

"밑져야 본전이니 상담 한번 받아볼까요. 근데 송 실장님, 광대뼈 수술, 많이 아프고 무섭겠죠? 전 그게 제일 걱정이……."

내가 말을 끝내기도 전에 선아가 책상을 탕 쳤다.

"노 페인 노 게인, 노 페인 노 뷰티! 고통과 노력 없이 어떻게 아름다워져요? 수술을 무서워하면 절대로 미인이 될 수 없어욧!"

아이들이 배를 잡고 깔깔거렸다. 뼈를 깎는 고통은 미인의 필수 조건이라느니, 살 찢고 피 흘리는 고통도 빼놓을 수 없다느니, 떠들어대면서.

웃음이 났지만 나는 꾹 참고 다시 물었다.

"알겠습니다. 그럼 광대뼈 수술은 어떻게 해요?"

"입안을 절개해 광대뼈를 노출시킨 다음에 필요한 만큼 깎아내죠."

"그러면 정말 얼굴이 갸름해지나요?"

"당근이죠. 근데 요즘엔 내시경으로 귀 뒤쪽을 절개한 다음에 수술을 하기도……."

선아가 신이 나서 설명하는데 뒤에서 낯선 목소리가 날아들었다.

"아주 리얼 버라이어티 생쑈를 하는구나. 송선아가 성형외과 상담실장이니? 제발 좀 생긴 대로들 살아, 웅?"

뒤를 돌아보니 윤호찬이 경멸스러운 표정을 지은 채 떡하니 서 있었다. 3월 초에 우리 학교에 전학을 오자마자 금세 새 엄친아로 자리를 굳히며 여자애들의 폭풍 눈길을 받는 존재가 된 녀석이다. 물론 윤호찬은 얼굴도 희고 키가 훤칠해서 얼핏 보면 꽃미남으로 착각할 수도 있지만 가까이에서 보면—오해 마시라. 내가 녀석을 가까이서 들여다본 적은 없으니까—달 표면처럼 피부가 우툴두툴하고 코도 뭉툭해서 딱히 잘생겼다고 할 타입은 아니다. 그런데도 여자애들, 특히 1, 2학년 애들은 녀석만 지나가면 입을 헤벌리고 쳐다보기에 바빴다. 전에 다니던 학교에서 전교 1등을 도맡아 한 데다 아빠는 의사, 엄마는 교수라서 '빽'까지 빵빵하다는 소문도 돌았다.

어쨌든 내겐 윤호찬은 관심 밖 인물이었다. 내 눈에 '남자'로 보이는 사람은 오로지 미술 선생님인 노댕쌤뿐이니까. 더구나 녀석처럼 쌍꺼풀 굵은 남자는 난 무조건 싫다. 느글느글한 느낌이 들어서.

그런데 비록 엄친아의 자리는 금세 굳혔을지언정, 녀석은 전학온 지 한 달이 넘도록 수업 시간에건 쉬는 시간에건 입을 닫고 지냈다. 워낙 말이 없어서 오히려 존재감이 더 폭발하는 것 같다는 어처구니없는 얘기를 하는 애들이 있을 정도로.

그랬던 녀석이 갑자기 여자애들 틈에 툭 끼어들어 난데없는 소리를 해대니 이상하기 짝이 없었다. 모두들 놀라 눈을 휘둥그레 뜨는데 윤호찬이 다시 말했다.

"송선아, 성형외과 상담은 받아본 거냐? 머리 좀 굴려라, 응? 상담실장이 노 페인 노 뷰티라고 하면 누가 수술을 받겠냐? 그리고 제발 성형수술에 관심 좀 꺼. 그게 얼마나 무서운 건지 알고나 그러냐?"

한 달 동안 입을 꾹 다물고 있던 녀석이 이렇게 속사포처럼 말을 쏟아내다니! 그렇다면 지난 한 달은 간보는 기간이었나? 아이들도 수군수군 쑥덕쑥덕했다.

"우와, 윤호찬, 원래 저런 애였어?"

"저러니까 또 색다른 매력이 있다, 카리스마도 쩔어 보이고."

"쫌 이상해. 성형 반대론자인가?"

"그럴 수도. 성형수술 혐오하는 남자애들 은근히 많잖아."

선아는 얼굴이 발개져서 어쩔 줄 몰라 했다. 윤호찬은 작심이라도 한 듯 계속 몰아세웠다.

"너 견적은 뽑아봤냐? 보나마나 병원에서 어마어마하게 견적 뽑아줬을 텐데, 피 같은 돈을 꼭 성형에 써야겠어? 그건 미친 짓이야, 미친 짓. 정신 차려 제발, 응?"

선아는 아무 대꾸도 못 했다. 은근히 좋아했던 녀석한테 모욕을 당해 더 당황한 것 같았다. 그 모습을 보자 내가 더럭 화가 났다.

"네가 뭔데 선아한테 충고질이니? 남 상관 말고 열공이나 하셔. 나름 우등생이시라며."

"강혜규, 걱정해줘서 고맙! 근데 너두 성형에 관심 있니? 있으면 접어. 성형외과에 발 들여놓는 순간 인생 꼬이는 수가 있다."

"왜 이러셔? 난 그딴 데에 전~혀 관심 없거든. 난 내 얼굴에 완전 만족하거든!"

"진짜? 그렇다면 다행! 그래, 성형수술에 돈 들이지 말고 일찌감치 정신 차려, 응?"

"웃겨, 성형외과하고 원수라도 졌냐? 신경 끄고, 너나 잘해!"

나는 되는 대로 퍼부어주곤 선아를 이끌고 교실을 나왔다. 5교시가 음악 시간이라 어차피 2층 음악실로 내려가야 했다.

복도를 지나 계단 쪽으로 가는데 선아가 말했다.

"윤호찬 왜 저런다니? 어휴 쪽팔려."

"걍 무시해."

"알았어. 근데 인주는 왜 안 오지?"

"교무실 간다고 했어. 영어 경시대회 때문에."

그때 갑자기 사방이 시끌시끌하며 왁자해졌다.

"삐리릭, 삐이익!"

"우와, 멋지다! 여신 출두!"

"어디 어디? 나도 한번 보자!"

남자애들이 교실이며 복도 창가에 달라붙어 휘파람을 불며 환호성을 질러대고 있었다. 우리도 복도 창가로 뛰어가 밖을 내다봤다.

벚꽃이 흩날리는 교정 한가운데를 교복을 입은 여자애 하나가 걸어오고 있었다. 교문 가까이 세워져 있는 하얀색 밴에서 내린 듯한데, 조막만 한 얼굴에 쭉쭉 뻗은 다리가 멀리서도 정말 상큼해 보였다. 걸음걸이는 또 얼마나 꼿꼿하고 당당한지, 교정이 아니라 마치 패션쇼 스테이지를 걷는 듯했다.

"리샤다!"

선아가 소리쳤다.

그랬다. 교정을 유유히 걸어오는 여자애는 하이틴 배우 겸 패션 모델인 리샤―본명 서리은―였다. 일곱 살 때 미국으로 갔다가 이 년 전인가 우리나라에 왔다는데, 미모 못지않게 연기력이 뛰어나 요즘 하이틴 스타 중 첫손에 꼽히는 아이였다. 우리 학교엔 1학년 말에 전학 왔지만 나하곤 아무 인연이 없다가 3학년 올라와서야 같은 반이 됐다. 그래 봤자 개학 날 딱 한 번 보았을 뿐이고 그 후론 텔레비전 드라마에서나 겨우 리샤를 만날 수 있었다.

"진짜 여신 포스다, 교복 입은 여신. 진심 부럽다……."

선아가 쫑알거렸지만 난 별로 부럽지 않았다. 리샤 같은 애도 있고, 나랑 선아 같은 애도 있는 게 세상이니까.

남자애들이 우르르 우리 쪽으로 달려온 것은 그때였다. 리샤를 보려고 운동장으로 몰려 나가는 것 같았다. 까딱하면 부딪칠 것 같아 나는 얼른 창가로 바짝 달라붙었다. 그 순간 뭔가 뾰족한 것이 내 눈가를 픽 치고 지나갔다.

"아아악!"

얼굴을 감싸 쥔 채 나는 바닥에 주저앉고 말았다.

왜 하필 나에게?

"눈 주위를 둘러싼 이 얇은 뼈들을 안와골이라고 하는데, 이게 좀 금이 갔네요. 부러진 건 아니지만 어쨌든 골절입니다, 안와골절. 어, 코도 쪼금 주저앉은 거 같네?"

CT 사진에 찍힌 오른쪽 눈 아래를 가리키며 의사가 말했다.

가슴이 철렁했다. 백화점에서 일하다 말고 달려온 엄마는 나보다 더 놀란 얼굴이었다.

아까 학교에서 우르르 몰려오던 남자애들 중 한 아이와 부딪쳤을 때부터 심상치가 않았다. 하늘이 샛노랗게 보이면서 머리가 뱅그르르 돌고, 눈물이 쏟아질 정도로 너무너무 아팠기 때문이다. 아니나 다를까 눈 밑과 코는 금세 부풀어 올랐고 시퍼런 멍까지 들었다. 보건 선생님마저 나를 보자마자 당장 병원으로 가라고 했을 정도다. 그래서 담임인 린쌤—김해린 선생님의 애칭이다—과 함께 부랴부랴 종합병원 응급실로 왔는데 안와골절이라니. 이 듣도 보도 못한 병명의 정체는 뭐란 말인가? 멀뚱멀뚱 있으려니 의사가 다시 물었다.

"보이는 건 어때? 잘 안 보이거나 물체가 겹쳐 보이거나 그러지는 않아? 눈꺼풀 감각이 마비된 것 같거나……."

나는 눈을 껌뻑껌뻑해 보았다. 아프고 불편하기는 해도 물체가 겹쳐 보이거나 눈꺼풀이 마비된 것 같지는 않았다.

"잘 보여요. 눈꺼풀도 괜찮은 거 같아요."

내가 대답하자 의사가 엄마에게 설명했다.

"심한 건 아닌 거 같은데 앞으로가 문젭니다. 안와골절은 시력에도 영향을 주지만 안구함몰이 돼서 미용상 문제를 일으킬 수도 있거든요."

"안구함몰이요? 그게 뭔데요?"

엄마가 놀란 목소리로 물었지만 의사는 대수롭지 않은 투로 대답했다.

"서양 사람처럼 눈 밑이 푹 꺼지는 거죠. 옴팡눈 말입니다. 처음엔 잘 모르다가도 시간이 지나면서 그런 증세가 나타날 수 있습니다. 안구함몰이 되면 안면비대칭으로 발전할 수 있고요. 짝짝이 얼굴 말입니다."

내 얼굴이 짝짝이가 된다고? 가슴이 덜컥 내려앉으며 다리가 후
들거렸다. 엄마도 얼마나 놀랐던지 말까지 더듬거렸다.

"네에? 그, 그게 무슨 말씀이세요? 우, 우리 애 얼굴이 짝짝이가
된다니요?"

"아니, 꼭 짝짝이가 되는 건 아니고 그럴 수도 있다는 겁니다.
가만히 놔둬도 뼈가 잘 붙을 수는 있는데, 재수가 없으면 안구함
몰에 안면비대칭으로 발전할 수도 있다는 거죠."

의사는 '재수가 없으면' 부분을 힘주어 말했다. 아, 왜 하필 나한
테 이런 재수 없는 일이 일어난 걸까? 내가 무슨 잘못을 했다고!
나는 너무너무 억울하고, 너무너무 무서웠다.

"선생님, 짝짝이 얼굴 되는 거, 막을 수 있죠? 방법이 있겠죠?"

엄마가 간절한 표정으로 물었지만 의사는 여전히 사무적으로
대답했다.

"있죠. 눈 밑을 절개한 다음 얇은 인공뼈를 넣어주는 겁니다. 코
도 인공보형물을 넣어서 높여주고요."

눈 밑과 코가 아까보다 더 욱신거리는 것 같았다. 누가 망치 같
은 걸로 때리는 듯 머리도 지끈거렸다. 세상에 어떻게 이런 일이!
내 얼굴을 칼로 가르고 거기에 인공뼈까지 깔아야 한다니! '얼굴
에 철판 깔았나?' 하는 우스갯소리가 있는 건 알아도, 내 얼굴에

인공뼈를 깎아야 할 줄은 미처 몰랐다.

엄마가 불안한 얼굴로 다시 또 질문했다.

"수술하면 짝짝이는 안 되는 것이지요?"

"글쎄요……. 꼭 그렇다고 장담할 수는 없습니다."

의사가 어정쩡하게 대답하자 답답한 표정으로 서 있던 린쌤이
끼어들었다.

"선생님, 속 시원히 말씀해주세요. 그럼 수술을 해야 하나요, 말
아야 하나요?"

의사가 린쌤을 못마땅한 눈길로 힐긋 보더니 차근차근 말했다.
눈두덩과 눈 아래, 코가 심하게 부어 있어서 지금 상태는 물론이
고 수술 후 경과도 정확히 예측할 수가 없다는 것, CT 사진에 나
타난 상태도 애매하기 때문에 이럴 때는 의사에 따라 수술을 할
수도 있고 안 할 수도 있다는 것, 그러니 수술 여부는 환자 쪽에서
알아서 결정하라는 것이었다.

"골절이 심해서 안구함몰이 확실히 예상되거나, 물체가 겹쳐 보
이는 증상과 통증이 계속된다면 꼭 수술을 해야 하지만 학생은 그
렇지도 않고……. 그렇다고 골절이 아닌 것도 아니고……."

의사는 이렇게 얼버무리면서 수술할지 말지를 이틀 안에 결정
하라고 했다. 수술을 하려면 부상을 당한 후 십사 일 전에는 해야
하는데, 수술 스케줄을 빨리 잡아야 하기 때문이란다.

나는 기운이 쭉 빠진 채로 진료실을 걸어 나왔다. 껍데기만 남은 듯 온몸에 힘이 하나도 없었다. 엄마도 린쌤도 아무 말 하지 않았다.

1층 현관을 다 빠져나왔을 때에야 엄마가 코맹맹이 소리로 입을 열었다.

"혜규야, 괜찮아. 엄마가 다 고쳐줄 거야. 아무 일 없을 거야."

"엄마!"

콧잔등이 찡해지며 눈시울이 뜨거워졌다. 린쌤도 내 어깨를 토닥여주며 말했다.

"그래, 다 잘될 거야. 요새 의술이 얼마나 좋은데 혜규 얼굴이 짝짝이가 되겠니. 어머님, 수술비며 치료비는 너무 걱정 마세요. 학교에서 일어난 안전사고라 학교안전공제회에서 지원되는 게 있습니다. 그걸로도 부족하면 저도 보태겠습니다."

"선생님이 왜 사비를 보태세요? 걱정 마세요. 우리 딸 다친 건데, 우리가 해결합니다. 전세금을 빼서라도 우리 혜규 얼굴은 아무 일 없게 할 겁니다."

나는 엄마를 확 끌어안았다. 백화점 의류 매장 매니저인 엄마가 하루 종일 얼마나 힘들게 일하는지 나도 다 안다. 까다로운 손님들 비위 맞춰가며 옷 하나라도 더 팔려고 얼마나 애쓰는지, 박스에서 옷을 꺼내 보기 좋게 매장에 진열하느라 얼마나 허리가 휘는지, 손님들 불러 모으려고 온종일 서 있느라 다리가 얼마나 퉁퉁 붓는지……. 게다가 엄마는 힘들게 번 돈을 절대 허투루 쓰지 않는다. 지긋지긋한 전세살이에서 벗어나 조그만 아파트라도 하나 사겠다면서 한 푼 두 푼 아껴 모은다. 그렇게 억척스런 엄마인데, 전세금이라도 빼서 내 얼굴을 고쳐주겠단다. 울지 않으려 했지만 자꾸만 눈물이 났다.

"혜규야, 울면 눈 부어서 안 돼. 뚝! 엄마 아빠가 다 해결해줄 거니까 아무 걱정 말고."

손수건으로 눈물을 닦아주며 엄마가 울먹거렸다. 린쌤도 힘내라는 듯 나를 향해 눈을 끔뻑끔뻑 했다.

린쌤은 학교로 가고, 엄마와 나는 택시를 타고 집으로 향했다. 차창으로 보이는 세상은 오늘따라 유난히 화려 찬란하고 재미나 보였다. 그럴수록 나는 내 신세가 비참하게만 느껴졌다.

'내 얼굴이 짝짝이가 될 수도 있대. 내가 왜 이런 일을 겪어야 하지? 아, 짝짝이 얼굴로 사느니 차라리 팍 죽어버릴래.'

내가 홀쩍거리자 엄마가 어깨를 꽉 안았다.

"왜 이래. 천하무적 막강왈패가 소심하게? 작은딸, 걱정 마. 절대로 네 얼굴, 짝짝이 되게 두지 않아. 수술할지 말지도 신중하게 판단할 거고."

엄마는 몇 번이나 다짐을 놓았다. 하지만 엄마 얼굴에 걱정이 그득한 걸 나는 다 보았다. 나 역시 아무리 마음을 다잡아도 불안하기만 했다.

집에 들어서니 아빠가 우리를 맞이했다. 엄마한테 연락받고 일도 팽개친 채 택시를 몰고 달려온 모양이었다. 나를 보자마자 아빠 눈이 휘둥그레졌다.

"아이고! 우리 완소차 얼굴이 왜 이래? 여보, 의사가 뭐래?"

완소차―'완전 소중한 차녀'라는 뜻으로 아빠가 나를 부르는 애칭이다―고 뭐고 듣기 싫어 나는 방으로 들어와 문을 탁 닫아버렸다.

침대에 잠시 누웠다가 일어나 벽거울에 얼굴을 비춰 보았다. 한숨만 나왔다. 강편치를 몇 대나 맞은 권투 선수처럼 얼굴 상태가 처참해도 너무 처참했다. 왼쪽 눈은 멀쩡했지만, 오른쪽 눈은 눈두덩과 눈 밑이 잔뜩 부풀어 오른 데다 시커먼 멍까지 들어 제대로 뜰 수조차 없었다. 오른쪽 콧등도 아무래도 조금 주저앉은 것 같았다.

'이러다 진짜 짝짝이 얼굴 되겠다. 말도 안 돼.'

'수술하자. 그래야 정상이 될 거 아냐?'

'아냐, 수술을 하더라도 안면비대칭이 안 된다는 장담도 못 한댔어. 어떡해.'

오만 가지 생각에 마음이 오락가락하는데 아빠가 방으로 들어왔다.

"완소차, 충격이 크구나. 멘붕인 걸 보니! 하하."

"아빠!"

이토록 심각한 상황에 웃음이 나오다니, 아빠에게 너무 서운했다. 하지만 내 속도 모르고 아빠는 천연덕스럽게 이야기했다.

"혜규야, 수술하지 말자. 의사가 그대로 놔두면 뼈가 잘 굳을 수도 있다고 했다며? 그렇다면 그냥 두는 게 좋을 거 같아. 최악 말고 최선의 경우를 생각하자고."

아, 이 대책 없고 근거 없는 긍정의 마인드는 아빠의 작은 몸 어디서 나오는 걸까. 모든 일에 긍정적이고 유쾌한 아빠를 나는 늘 좋아했지만 지금만큼은 너무 섭섭했다. 작은딸 얼굴이 짝짝이가 되느냐 안 되느냐 하는 이 중대한 시점에 태평스런 말만 늘어놓다니.

그렇다고 무조건 수술시켜달라고 우길 수도 없었다. 수술을 하더라도 짝짝이 얼굴이 안 된다는 장담을 못 한다고 의사가 분명히 말했으니까.

"아빠, 나가요, 나가!"

"그래그래, 아무튼 잘 알아보고 판단하자. 좋게 좋게 생각해, 너무 걱정 말고."

나한테 등을 떠밀려 나가면서도 아빠는 태평스러운 말만 했다. 나는 방문을 쾅 닫고 침대에 털썩 주저앉았다. 문득 내 처지, 내 환경이 너무 가엾고 한심하게 여겨졌다.

'아, 아빠나 엄마가 성형외과 의사라면 얼마나 좋을까. 그럼 이렇게 심각한 고민을 안 해도 될 텐데.'

택시 기사인 아빠, 백화점 의류 매장 매니저인 엄마를 난 평소에는 너무너무 사랑하고 좋아했지만 오늘은 결코 그렇지 않았다. 대단한 직업도, 돈도, 빽도 없는 엄마 아빠가 원망스럽고 밉기만 했다.

걱정 말고 파이팅!

병원 현관 앞에 다다르자 택시가 스르르 멈춰 섰다. 어제 진찰받았던 바로 그 병원 앞이었다.

엄마와 내가 택시에서 내리자, 핸들을 잡은 채 아빠가 뒤를 돌아봤다.

"아빠도 같이 가면 좋을 텐데 일 때문에……. 혜규야, 미안하다. 아무튼 의사 선생님하고 잘 상의하고서 결과 알려줘, 알았지?"

"알았어요, 당신은 운전 조심하고!"

엄마가 대답하며 택시 문을 닫았다. 우리를 향해 손을 번쩍 흔들어주곤 아빠는 곧 택시를 출발시켰다.

현관 로비를 지나 성형외과 쪽으로 가는데 엄마가 말했다.

"인주 엄마가 참 고맙구나. 자기 딸 일처럼 알아봐 주고."

"그렇지? 인주도 참 착하고 좋은 애야, 엄마. 어떨 때는 친구가 아니라 언니 같다니까."

나도 정말 인주가 고마웠다.

엄마와 나는 인주 엄마가 소개해준 성형외과 전문의를 만나러 가는 길이었다. 엊저녁에 카톡을 하면서 내가 짝짝이 얼굴이 될지도 모른다며 너무 불안해하자, 인주가 자기 엄마한테 부탁해 알아봐 준 결과였다. 인주 엄마는 신문기자라서 워낙에 발이 넓었는데, 다행히도 내가 진찰받은 병원 성형외과에까지 아는 의사가 있었다. 인주 엄마의 대학 후배라는데, 인주도 몇 번 본 적 있는 아주 좋은 분이라고 했다. 덕분에 든든한 응원군이 생긴 것 같아, 엄마와 나는 여간 마음이 놓이는 게 아니었다.

성형외과에 진료 접수를 한 후 대기실 의자에 앉자마자 핸드폰이 부르르 진동했다. 선아와 인주가 보낸 카톡이 잇따라 들어오고 있었다.

— 혜규야, 얼굴은 좀 어때?

　잘 결정해. 힘내고!

— 병원 가는 중? 김 박사님 진짜 좋으신 분이야.

　잘 봐주실 거니까 걱정 말고 파이팅!

가슴이 뭉클하며 기운이 났다.

─고마워, 선아야, 인주야.

나는 간단하게 답장한 후 핸드폰을 무음으로 설정해버렸다. 친구들과 카톡을 계속할 만큼 마음이 한가롭지 않았다.

조금 기다리려니 간호사가 이름을 불렀다.

"강혜규 님, 진찰실로 들어오세요."

두근거리는 가슴을 누르며 진찰실로 들어서자 여의사가 엄마와 나를 반가이 맞았다. '성형외과 전문의 의학박사 김정미'라고 적힌 명찰을 가슴에 달았는데 인상부터가 아주 푸근해 보였다.

"안녕하세요. 이 선배한테 얘기 들었습니다. 일단 CT 찍은 것부터 보고 말씀드릴게요."

김 박사님이 우리한테 인사를 하고는 CT 사진을 유심히 살펴보았다. 나는 긴장이 돼서 엄마 손을 꼭 잡았다. 조금 뒤 김 박사님이 웃음을 머금은 얼굴로 말했다.

"다행입니다. 크게 걱정하실 정도는 아니네요."

나는 가슴을 쓸어내렸다. 그렇지만 김 박사님의 말은 그게 끝이 아니었다.

"근데 좀 애매한 경우이긴 해요. 안와골이 아주 부러져버렸으면 수술을 해야 하는데, 혜규는 골절이긴 해도 실금이 간 정도고 시력도 별 문제가 없거든요. 그래서 수술 여부를 결정하는 게 좀 힘든 상태입니다."

또다시 가슴이 갑갑해졌다. 그럼 어떡하라는 거지? 어제 만났던 의사하고 다를 바 없는 얘기 아닌가. 답답해서 안절부절못하고 있는데 김 박사님이 다시 말문을 열었다.

"이렇게 말씀드리면 판단하시는 데 좀 도움이 되실까요? 저도 혜규 또래 딸이 있는데, 제 딸이라면 수술 안 시키고 그냥 지켜볼 것 같습니다. 가만히 두면 탈 없이 잘 아물 수도 있거든요. 요만할 때는 신체에 자기치유능력이 크기 때문에 저절로 낫는 걸 기대할 수도 있고요."

'자기치유능력'. 처음 듣는 말인데도 무슨 뜻인지 대충 알 것 같았다. 더구나 자기 딸이 이런 경우라면 수술을 시키지 않겠다니, 이만큼 믿음직한 진단은 없을 것 같았다.

'그럼 일단은 수술하지 말라는 얘기네. 다행이다.'

막혔던 가슴이 뻥 뚫리는 듯했지만, 한편으론 또 다른 걱정이 생겼다. 나는 용기를 내서 조심스레 물었다.

"근데요, 그냥 놔뒀다가 나중에라도 짝짝이 얼굴이 되면 어떡해요?"

김 박사님이 빙그레 웃었다.

"내가 보기엔 그럴 일 없을 거 같아. 혹시라도 나중에 문제가 생기면 그때 수술하면 되고. 성형수술이 그러라고 있는 거잖니. 암튼 지금은 그냥 놔두는 게 좋겠는데, 내 말대로 하겠니?"

나는 엄마를 한 번 쳐다보곤 고개를 끄덕였다.

"어머님은 어찌 생각하시나요?"

김 박사님이 묻자 엄마도 그렇게 하겠다고 했다.

"잘 생각하셨어요. 그럼 2주 후에 다시 만나죠. 혜규야, 그때쯤엔 부기도 다 빠지고 멍도 거의 없어져 있을 거야. 그러니까 긍정적인 마음으로 지켜보기, 알았지?"

김 박사님이 나하고 눈을 맞추며 다짐을 놓았다. 이틀 동안 가슴을 옥죄었던 긴장과 걱정이 스르르 풀리는 것만 같았다. 김 박사님은 단단히 주의를 주는 것도 잊지 않았다. 앞으로 두 달 정도는 뛰지도 말고, 될수록 죽처럼 부드러운 것만 먹으라는 것이었다. 뛰거나 딱딱한 걸 씹다가 눈 밑 뼈가 바스러져 버릴 수도 있기 때문이라고 했다.

우리는 김 박사님께 고맙다고 인사하고서 진찰실을 나왔다. 수술을 안 하기로 하니 마음이 날아갈 듯 가벼웠다. 눈 밑을 가르고, 인공뼈를 넣고, 콧속에 인공보형물을 집어넣고……. 생각만 해도 끔찍했는데, 그런 걸 다 안 해도 된다니.

엄마와 함께 집으로 오니 집 안은 텅 비어 있었다. 언니도 도서관에 간 모양이었다. 우리는 떡라면으로 아침 겸 점심을 간단히 때웠다. 그러고서 엄마는 린쌤한테 전화해서 내 상태를 설명하고, 얼굴이 어느 정도 나을 때까지는 병결로 처리해달라고 부탁했다.

사실 엄마는 당장 내일이라도 학교에 가라고 했지만 난 펄쩍 뛰었다. 공부에 목숨 건 모범생도 아닌데 엉망진창인 얼굴로 등교를 하라니……. 다행히 린쌤은 2주일까지 병결을 허락해주었고, 엄마는 조금은 편안해진 표정으로 늦은 출근을 했다.

엄마가 가자마자 나는 거실 소파에 털썩 주저앉았다. 이틀 동안 일어난 일들이 영화 필름처럼 머릿속을 스쳐 지나갔다. 학교에서 난데없는 부상을 당하고, 짝짝이 얼굴이 될지도 모른다는 충격적인 얘기를 듣고, 또 수술을 안 하기로 결정하기까지……. 고작 이틀 동안 일어난 일인데도 무척 오랜 시간에 걸쳐 벌어진 일만 같았다.

소파에서 일어나 벽 거울에 얼굴을 비춰 보았다. 아직은 여전히 엉망이었지만, 거울 속 내 얼굴을 똑바로 보며 나는 크게 소리쳤다.

"강혜규, 다 잘될 거야! 네 얼굴 아무 일 없을 거야! 걱정 말고 파이팅!"

낯선 신세계

얼굴을 다친 후 보름 만에 등교하는 길이었다. 교문으로 막 들어서려는데 윤호찬이 알은체를 했다.

"강혜규 왔네. 오랜만이다."

나는 얼른 발걸음을 옮겼다. 친한 사이도 아닌데 별일이다 싶어서. 그런데 녀석이 내 팔을 잡더니 얼굴을 빤히 들여다보았다.

"많이 다쳤다며 다 나았니? 어, 아직 쫌 이상한데? 덜 나았나?"

순간 온몸의 신경이 바짝 곤두서는 것 같았다. 그러잖아도 요즘 난 내 얼굴에 무척 예민해져 있었다. 그래서 학교에 오기도 싫었는데 병결 기간이 끝나서 하는 수 없이 등교한 것이었다.

물론 눈 밑과 콧등의 멍도 거의 다 사라지고 부기도 대부분 빠져, 내 얼굴은 원래 모습과 크게 다를 바 없었다. 어제 엄마와 병원에 갔을 때 김 박사님도 현재 상태도 좋고 앞으로도 별 문제가 없을 것 같다고 했다. 엄마도, 아빠도, 언니도, 외할머니도 모두들 내 얼굴이 다치기 전과 똑같다고들 했다.

문제는 나 자신이었다. 거울을 볼수록 얼굴이 이상해 보이고 마음에 들지 않았다. 쌍꺼풀 없는 눈초리는 예전보다 더 치켜 올라간 듯하고, 들창코는 한층 더 들린 듯 보였다. 광대뼈와 돌출입은 유난히 촌스러워 보이고, 콧등도 예전보다 좀 꺼진 것처럼 느껴졌다.

이런 마당에 윤호찬한테 '쫌 이상하다'는 말을 들은 거다. 윤호찬 곁에 있던 다른 녀석까지 덩달아 깝죽거렸다.

"강뮬란, 이참에 본판 교체해라. 다친 김에 손보는 거지 뭐."

윤호찬이 손을 내저으며 호기롭게 대꾸했다.

"본판 교체한다고 다 근사해지는 줄 아냐? 본판 불변의 법칙이라는 게 있어."

얼굴이 확 달아오르면서 귓불까지 뜨거워졌다. 예전 같으면 뭐라고 소리라도 쳤을 텐데, 입안에서만 뱅뱅 돌 뿐 나는 아무 말도 할 수 없었다. 리샤가 불쑥 끼어든 것은 그때였다.

"왜 그래? 얘가 어디가 어떻다고. 진짜 개성적인 얼굴인데."

말 한 번 붙여본 사이도 아닌데 리샤가 왜 내 편을 드는지 어이가 없었다. 어색하고 기분도 안 좋아 자리를 뜨려는데 리샤가 말을 덧붙였다.

"아 참 네가 혜규구나? 나 땜에 다쳤다며? 어떡하니, 미안해서."

자존심이 상하고 짜증이 났다. 자기 때문에 내가 다쳤다는 사실을 리샤까지도 알고 있다는 게. 더구나 내 눈앞의 리샤는 텔레비전에서 봤을 때보다도 훨씬 더 예뻐 보였다. 교복 차림인데도 얼굴과 온몸에서 번쩍번쩍 빛이 나서 그야말로 자체 발광이라고 할 정도로.

바로 그때 누가 내 이름을 부르며 뛰어왔다. 인주였다. 구세주라도 만난 듯 반가워 나는 리샤로부터 얼른 뒤돌아섰다.

교문으로 들어서서 현관 쪽으로 가는데 인주가 말했다.

"리샤랑 얘기했니? 쟤, 개념 있는 애 같더라. 유명하고 잘나가는 애라 엄청 잘난 척할 줄 알았는데 안 그래. 성격도 좋고, 공부도 중간은 하나 봐. 그림도 진짜 잘 그려."

"그래?"

"응. 너 결석한 동안에 쟤 계속 학교 나왔어. 쫌 있으면 패션쇼하러 파리 간대. 그래서 출석 일수 채우려고 오는 건가 봐."

내가 말없이 고개만 끄덕이자 인주가 내 얼굴을 들여다보았다.

"기분 안 좋니? 왜 그래?"

"어, 아냐."

"얼굴 때문이야? 얘, 너 아무렇지도 않아. 완전 정상이야."

"알았어. 고만해."

난 짧게 대답하곤 걸음을 재촉했다.

윤호찬 때문에 기분을 잡쳐서인지, 오랜만에 등교를 해서 그런지, 오전 수업 시간 내내 너무 힘이 들었다. 집에서 좀 더 쉴 걸 그랬나, 후회스럽기까지 했다. 그래도 4교시는 내가 좋아하는 미술 시간이라 나는 힘든 걸 애써 꾹꾹 참았다.

4교시가 되어 미술실로 가자 체크무늬 남방에 면바지를 입은 노댕쌤이 들어왔다.

"지난 시간에 수채화 그리다 말았지? 오늘은 그걸 마저 그린다. 다 완성한 다음 제출하도록."

노댕쌤이 굵고 나지막한 목소리로 말했다. 2주일 동안 못 본 사이에 노댕쌤은 더 멋져지고 더 터프해진 듯했다. 노댕쌤을 보자 울적했던 기분이 조금은 가셨다.

노댕쌤은 내가 딱 좋아하는 스타일이다. 희지도 검지도 않은 얼굴색에 단단한 몸, 로댕의 〈생각하는 사람〉을 떠올리게 하는 깊고 그윽한 눈빛, 날렵한 콧날까지. '노댕쌤'이란 별명도 '노동우'라는 이름에 로댕의 '댕'을 합쳐서 아이들이 지어준 거다. 더구나 노댕쌤은 교사 말고도 일러스트레이터라는 멋진 직업도 겸하고 있다고 한다. 그래서 어린이 그림책도 여러 권 펴냈는데 그 분야에서도 꽤 인정을 받고 있다는 소문이었다.

나는 올해 1학기 첫날부터 노댕쌤한테 폭 빠져버리고 말았다. 노댕쌤을 처음 봤던 그날부터 말이다. 열여섯 살이 되도록 남자한테는 관심 한 번 가져본 적 없는 나였는데……. 그래서 노댕쌤이 펴냈다는 그림책도 용돈을 탈탈 털어 다섯 권이나 샀고, 내 꿈의 목록에 요리사 말고 일러스트레이터도 추가해놓았다. 초등학생 때부터 다닌 미술 학원도 3학년 들어서는 더 열심히 다니게 되었다.

노댕쌤의 말이 떨어지자마자 아이들은 스케치북에 그림을 그리기 시작했다. 슬쩍 보니 대부분 스케치를 마치고 채색도 절반 이상 해놓은 상태였다. 나는 스케치부터 해야 해서 깊이 생각할 겨를이 없었다. 그래서 교탁에 있는 꽃병을 모델 삼아 얼른 밑그림을 그리고 물감 칠을 하기 시작했다.

삼분의 일쯤 채색을 한 후 팔레트에 빨강 물감을 짜고 있을 때였다. 노댕쌤이 곁에 와서 내 스케치북을 집어 들더니 딱딱하게 물었다.

"딴 친구들은 다 그려가는데 그대는 뭐지? 뭐하느라 여태 이것밖에 못 그렸나?"

나무라는 듯한 말투였다. 기분이 조금 나빴지만 노댕쌤이 몰라서 그러는 것 같아 나는 얼른 변명을 했다.

"선생님, 제가 아파서 2주일 동안 학교에 못 나왔는……."

그러나 노뎅쌤은 내 말은 듣지도 않고 내 옆옆에 앉은 리샤의 스케치북을 집어 들었다. 그러곤 스케치북 두 개를 양손에 펼쳐 들고 아이들한테 물었다.

"자, 3학년 3반, 이 두 그림을 보자. 이건 리샤 거, 이건 강혜규 거다. 그대들은 누가 더 잘 그렸다고 생각하나? 완성 여부를 떠나서."

리샤는 그림을 다 그렸고 난 절반도 색칠을 하지 못한 상태였다. 그러나 완성 미완성을 떠나 내가 보기에도 리샤 그림은 내 그림과 차원이 다른 수준이었다.

리샤의 그림엔 바닷가 고즈넉한 집 뜰에서 긴 머리 소녀가 흔들의자에 앉은 채 바다를 바라보는 모습이 담겨 있었다. 바다는 몹시 출렁거리고, 소녀의 긴 머리채도 뜰에 선 나뭇가지들도 한 방향으로 나부끼고 있었다. 소재도, 그림 솜씨도 무척 훌륭해 보였다.

역시나 아이들은 한 목소리로 "리샤요~"라고 대답했다.

"맞아. 리샤 그림은 창의적이고 독특하고 환상적이야. 강혜규 그림은? 혜규도 그림은 제법 그리지. 그렇지만 이 그림에선 독창성이라곤 눈곱만큼도 찾아볼 수 없구나. 교탁에 놓인 꽃병 그림, 너무 흔하지 않나? 흔한 그림, 독창성 없는 그림은 죽은 그림이다. 예술도, 인생도, 독창성과 개성을 잃으면 아무것도 아니다."

마치 대단한 예술론이라도 펼치는 양 말하더니 노뎅쌤이 내 책상에 스케치북을 탁 내려놓았다. 난 참을 수 없어 벌떡 일어났다.

"선생님, 저 다쳐서 2주일 동안 학교에 못 왔어요. 지난 시간에 그림 못 그려서 오늘 빨리 그리려다가 꽃병 그린 거고요. 근데 제 그림이 죽은 그림이라고요? 저도 시간이 있었으면 다른 걸 그렸을 겁니다."

울음이 나오려는 걸 참고 나는 끝까지 또박또박 말했다. 노댕쌤 얼굴에 아차, 하는 표정이 스쳐 지나갔다.

"아, 얼굴 다쳤다는 애가 너였니? 그랬구나. 시간이 없어서 꽃병 그린 거면 조금 전 한 말은 취소한다."

여전히 화가 났지만 나는 그냥 자리에 앉았다. 어쨌든 노댕쌤이 오해를 풀었으면 그만이다 싶어서. 그런데 노댕쌤이 나를 쓱 보더니 걱정스런 표정으로 이러는 게 아닌가?

"근데 얼굴은 다 나은 거니? 다 나아서 학교 온 거야?"

"네, 그게 무슨 말씀이세요?"

"아니, 좀 덜 나았나 해서. 암튼 미안하다. 얼굴 다쳐서 많이 놀랐겠네."

노댕쌤은 머쓱해하며 칠판 앞으로 발걸음을 옮겼다.

'저 말은 뭐지? 내 얼굴이 이상해 보인다는 건가?'

불안하고 참담한 마음에 나는 도저히 그림을 그릴 수가 없었다. 그래서 완성도 못한 그림을 노댕쌤에게 제출한 뒤, 미술 시간이 끝나자마자 린쌤한테 가서 조퇴를 신청했다. 수업 시간이 두 시간이나 더 남아 있었지만 린쌤은 군말 않고 조퇴를 허락해주었다.

"오랜만에 학교 와서 힘든가 보구나. 그럼 오늘은 조퇴하고 내일부턴 안 그러기. 알았지?"

"네, 선생님. 그럴게요."

나는 린쌤에게 꾸벅 인사를 한 후 곧장 교문을 나섰다. 그러곤 집에 도착하자마자 방으로 들어가 컴퓨터부터 켰다. 역시나 포털 사이트 초기 화면에 그 광고창이 큼지막하게 떴다.

국내 최고·최대의 성형수술 카페 '뷰밥', [뷰티가 밥 먹여준다]
뷰밥에 오시는 순간 당신의 인생은 달라집니다. 오세요, 어서!

며칠 전부터 눈여겨본 광고창이지만, 아직 들어가 보지는 않은 상태였다. 한 번 들어갔다가는 걷잡을 수 없이 빠져들 것만 같아 두려웠기 때문이다. 하지만 더는 망설일 수 없었다. 나는 숨을 크게 몰아쉬곤 마우스로 광고창을 클릭했다.

내 인생의 페이스오프, 광대뼈 축소술과 사각턱 라인 교정술
그녀의 변신은 무죄! 부족한 부분을 만족스럽게!
여드름은 가라, 빤짝빤짝 물광 피부, 도자기 피부는 오라!

카페에 들어가자마자 어지럽고 요란한 광고 글들이 떴다. 카페 대문 한가운데에는 성형 모델을 모집한다는 광고도 있었다. 모집 분야는 양악 수술, 안면윤곽수술, 눈·코 성형수술이고 대상은 만 20세 이상인데, 수술 전후 사진을 공개하는 걸 조건으로 수술을 공짜로 해준다는 내용이었다.

회원 수가 삼십만 명이 넘는 카페인 만큼 게시판도 다채로웠다. 나는 게시판의 제목부터 훑어보았다. 하지만 비회원이 볼 수 있는 게시판은 거의 없고, 준회원이라도 돼야 몇몇 게시판이나마 구경할 수 있었다. 그래서 얼른 회원 가입을 했더니 몇몇 게시판의 글을 읽을 수 있는 준회원 자격이 금세 주어졌다. 정말이지 '뷰밥'은 입이 떡 벌어질 정도로 새로운 세계였다. 오로지 성형수술 이야기만 있는 세계, 여태 듣도 보도 못했던 이야기만 있는 아주 낯선 곳.

어떤 게시판부터 볼까 하다가, '할까 말까' 게시판부터 열어보았다. 마침 맨 위에 '중3인데 쌍수랑 코 수술, 해도 될까요?'란 제목의 글이 있었다. 내 또래의 얘기인 것 같아 나는 얼른 제목을 클릭했다.

전 얼굴이 폭탄이에요. 홑꺼풀 눈에 코까지 들려서 콤플렉스가 넘 많아요. ㅠㅠ

그래서 눈은 쌍테를 1~2년 붙이고 다니다가 쌍꺼풀 안경도 써봤는데

피부염 생기고 눈이 처져서 개망했어요. ㅠㅠ

ㅠㅠ 코는 대책 없어 그냥 냅두고요. 코뽕 넣는 건 아무래도 찜찜.

암튼 코는 나중에 수술하더라도 쌍수는 이번 여름 방학 때 하려구요.

이때가 찬스니 지금 당장 해라, 아님 나중에 수술해라,

솔직한 댓글 날려주심 ㄱㅅㄱㅅ ~

(참, 코에 실리콘 넣으면 체육 할 때 안 삐뚤어져요? ㅠㅠ)

글을 쭉 읽어 내려가는데 절로 웃음이 났다. 철부지 말괄량이 친구가 옆에 앉아 툴툴거리는 것 같아서.

댓글은 가지가지였다. 아직은 성장하는 중이라 얼굴도 계속 바뀌니 나중에 하라는 둥, 중3 때쯤 수술해야 빨리 자리 잡히고 자연스러워진다는 둥, 특히 쌍수는 초딩들도 하는데 뭘 미루느냐며 당장 하라는 둥…… 수술하지 말라는 댓글은 하나도 없다는 게 놀라울 따름이었다.

'세계의 성형인 이야기'라는 게시판도 열어보았다. 세계적으로 유명한 성형수술자들의 사연이 소개된 게시판인데, 별별 사연이 다 있었다. 열네 살 때부터 삼십 년 동안 성형수술을 쉰두 차례나 해서 기네스북에까지 기록된 신디 이야기, 스물다섯 살 때부터 시작해 백오십 번이나 성형수술을 받은 영국인 사라 이야기 등등. 사라라는 여자는 돈이 얼마나 많은지, 지금까지 성형수술에 들인

돈이 우리 돈으로 8억 원이나 된다고 했다.

특히 '성형 종결자'로 불리는 신디는 전신마취 성형수술을 열네 번이나 받은 것을 비롯해 얼굴 리프팅에 입술, 눈, 코, 턱 수술에 이르기까지 손을 안 댄 곳을 찾는 게 오히려 빠를 정도란다. 그뿐 아니라 최근에는 혈관과 힘줄이 툭 튀어나온 손등에까지 콜라겐 주사를 맞았고, 딸한테도 열다섯 살 때부터 보톡스 주사를 맞게 했다고 한다. 주름살 잡히는 걸 미리미리 막아야 한다면서 말이다. 나하곤 아무 상관없는 이야기들인데도 나는 금세 성형수술의 세계로 쑥 빨려 들어가고 말았다.

뷰밥에는 각 부위별로 성형수술 전후의 체험 사례를 소개하거나 후기를 적는 게시판, 성형수술 할인 이벤트나 공동구매 소식을 홍보하고 성형외과 병원을 추천하는 게시판도 있었다. 우리나라 연예인들의 성형수술 사례를 비포, 애프터 사진으로 나눠 싣고 비교 분석해놓은 게시판도 빼놓을 수 없었다. 정말이지 연예인들의 수술 전과 수술 후의 모습은 하늘과 땅 차이만큼이나 달라 보였다.

이 게시판 저 게시판 기웃거리며 한참 뷰밥에 빠져 있는데 누가 어깨를 툭 쳤다.

"뭐하니? 어, 뷰밥이네?"

현관문 열리는 소리도 못 들었는데, 언니가 와 있었다. 나는 얼른 모니터 전원 버튼을 눌렀다.

"왜 이리 놀라. 학교 간다더니, 안 갔어?"

"갔다 왔어. 힘들어서 조퇴했구."

"하긴, 오랜만에 갔으니 피곤했겠다. 보자, 얼굴은 다 나은 거지?"

"응, 거의……."

"다행이다, 걱정했는데. 근데 뷰밥 카페는 왜 보고 있어?"

"그냥, 심심해서."

"그냥은……. 너 성형수술에 관심 있지? 툭 털어놔 봐. 언니도 결심한 거 말해줄 테니까."

"무슨 결심? 언니부터 말해보셔."

"나, 이번에 또 떨어지면 성형수술 하려구. 자꾸 떨어지는 거, 아무래도 얼굴 때문인 거 같아."

난 화들짝 놀랐다. 언니가 성형수술을 결심했다는 건 그야말로 '왕대박 뉴스'였다. 아빠를 닮은 나는 좋게 말하면 개성파고 나쁘게는 뮬란으로 놀림 받지만, 언니는 엄마 얼굴을 빼다 박아 단아하고 꽤 예쁘다. '조각 미녀'까지는 아니어도 지성미를 폴폴 풍기는 지성파 미인인 것이다.

"뭐? 언니가 어디가 어때서?"

"면접관들마다 내가 카메라형 얼굴이 아니라잖니. 쌍꺼풀도 없고 입도 약간 돌출이고, 얼굴도 네모나서 화면발이 별로래. 진짜 이번에도 떨어지면 수술할 거야."

아나운서 지망생인 우리 언니 강혜윤은 대학교를 졸업한 지 삼 년째에 접어들었는데, 그동안 서울에 있는 방송국은 물론이고 지방 방송국, 종편 방송사 할 것 없이 여덟 번 시험을 봐서 여덟 번 다 떨어진 상태였다. 서류 전형과 실기 테스트는 거뜬히 통과하지만 번번이 최종 면접에서 쓴잔을 마시는 것이었다. 그런데 얼마 전 아홉 번째로 지방 방송국 면접시험을 치른 후 최종 합격자 발표를 기다리고 있는 중이라 요즘 부쩍 예민해진 상태였다. 그렇다고 이번에 또 떨어지면 성형수술을 하겠다니, 충격이 아닐 수 없었다. 나처럼 성형수술을 혐오해서 '성형수술은 미친 짓이다'라고 주장해왔던 사람인데.

"언니, 성형 싫어했잖아. 얼굴에 칼 댄 여자들, 인조인간이라구 흉봤으면서."

"그랬지. 그치만 얼굴 때문에 자꾸 떨어지는데 어떡해. 아나운 서는 내 꿈인데. 병원도 다 알아보고 수술비도 모아놨어. 다음 주 부터 과외 하나 더 뛰는데, 그럼 집에 손 안 벌려도 돼."

"난 언니가 성형수술 마음먹은 거 진짜 몰랐어. 안 무서워?"

"무섭지. 내가 너보다 더 겁 많잖니. 그치만 잠깐 무서운 건 참 아야지 어떡하니."

세상에, 자신감과 당당함 그 자체였던 언니가 이런 생각을 하고 있었다니.

아나운서 시험에서 여덟 번 떨어져서 그렇지, 언니는 엄마 아빠가 '열 아들 둔 부모 안 부럽다'고 자랑할 만큼 '모태 엄친딸'이다. 미모도 뛰어나거니와 명문대 언론정보학과를 국가 장학금에 학교 장학금까지 받아 4년 내내 돈 한 푼 안 내고 다녔고, 아나운서 시험 준비를 하면서도 중고생 과외 지도를 해서 용돈까지 스스로 해결한 사람이었다. 더구나 그렇게 열심히 번 돈으로 언니는 내 옷이며 신발도 사주고 용돈도 듬뿍듬뿍 주곤 했다. 엄마 아빠를 생각하는 마음도 아마 나의 백만 배는 될 정도로 깊을 거다.

그랬던 언니가 성형수술을 하겠단다. 오로지 아나운서라는 꿈을 이루기 위해서! 문득 언니 남친, 혁이 오빠 생각이 났다.

"혁이 오빠는? 언니 성형해도 괜찮대?"

"나 성형수술 하면 절교한다더라. 얼굴에 칼 대는 거 무지 싫어하거든."

"그런데도 한다고? 혁이 오빠랑, 아나운서 되는 거랑 뭐가 더 중요한데? 둘이 오 년 넘게 사귀었잖아."

내 말에 언니는 도리어 발끈했다.

"그걸 어떻게 비교해? 암튼 너도 뒤늦게 후회 말고 마음에 안 드는 데 있음 일찌감치 수술해. 요샌 중딩 때부터 한다더라."

"언니!"

"아니, 꼭 지금 하라는 게 아니고, 나처럼 너무 늦게는 하지 말란 거지. 요즘은 얼굴도 스펙인데, 네 얼굴은 유럽이나 미국 쪽에서는 먹힐지 몰라도 우리나라에선 안 통할 타입이거든."

나는 화가 나기는커녕 오히려 귀가 솔깃했다. 안 그래도 싱숭생숭하고 불안하던 참인데 언니 따라 성형수술을 해볼까 하는 마음이 들어서. 말 나온 김에 얘기를 좀 더 해보려는데 언니 가방에서 핸드폰이 울렸다. 언니가 전화를 받더니 한숨을 내쉬며 말했다.

"또 그 얘기야? 그래, 진짜 한다니까. 내 인생 책임질 거 아니면 내버려둬, 제발."

혁이 오빠한테서 온 전화 같아 나는 슬쩍 자리를 피해주었다.

플라스틱 빔보 클럽

등나무 쉼터엔 햇살이 쏟아져 내리고 있었다. 해가 하늘 한복판에 있어서 그런지 사월인데도 햇살이 제법 따가웠다.

햇살을 피해 우리 셋은 그늘진 의자에 앉았다. 나하고 인주가 마주 앉고, 선아는 인주 옆에 엉덩이를 걸쳤다. 인주가 단발머리 한쪽을 귀 뒤에 꽂으며 먼저 입을 열었다.

"혜규야, 너 진짜 아무렇지도 않거든. 네가 하도 걱정해서 울 엄마가 김 박사님한테 전화해봤잖아. 진짜 괜찮고 앞으로도 괜찮을 거래. 그니까 제발 얼굴에……."

인주의 말꼬리를 낚아채기라도 하듯 갑자기 운동장 한가운데에서 함성이 터졌다. 우리 반과 5반 남자애들이 두 패로 갈려 이리저리 뛰어다니며 축구를 하고 있었다. 윤호찬 모습도 보였다.

우리 사이엔 잠시 침묵이 흘렀고 나는 아무 대꾸도 하지 않았다. 모두 다 그렇게 얘기했으니까, 아무렇지도 않다고 했으니까. 하지만 내 얼굴이 아무렇지도 않다는 말보다는 윤호찬과 노댕쌤이 한 말이 나는 더 신경 쓰였다. 좀 이상하다고 했던, 다 나은 거냐고 했던 그 말들이.

사실은 정말 감쪽같이 다 나았고, 아무렇지 않은지도 모른다. 아프거나 욱신거리지도 않고, 멍도 부기도 거의 다 사라졌으니까. 하지만 예전과는 달리 나는 내 얼굴에 정말 자신이 없어졌다. 내가 왜 이러는지 스스로도 이해할 수 없을 정도로.

또다시 함성이 들렸다. 윤호찬과 남자애들이 축구공을 쫓아 우르르 쉼터 쪽으로 달려왔다. 우리 옆에 있던 1학년 여자애들이 소리를 질러댔다.

"와! 호찬 오빠 완전 멋져!"

"워어. 오빠 내 스타일!"

하긴 저렇게 딴 애들 틈에 섞여 축구하는 걸 보니 교실에 있을 때보다 녀석이 멋져 보이긴 했다. 물론 내 스타일은 아니지만.

다시 남자애들이 축구공을 굴리며 저쪽으로 몰려갔다. 그 통에 운동장엔 흙먼지 바람이 휘이익 불었다. 선아가 나를 빤히 보며 말했다.

"얘, 넋 나갔냐? 할 얘기 있다며, 점심시간 끝나겠다. 얼른 해봐."

내가 무슨 말을 하려고 했는지 알쏭달쏭했다. 그러다 겨우 생각이 났다.

"아, 나 수술할 거야. 성형수술."

인주와 선아가 동시에 소리쳤다.

"뭐? 성형수술?"

"그래. 내 얼굴, 암만 봐도 이상하고 마음에 안 들어. 우선 여름방학에 쌍수 하고, 내년 여름에 코 수술하고, 수능 끝나면 돌출입 집어넣고 양악 수술이든 안면윤곽수술이든 다 할 거야. 차례차례 하나씩 하나씩."

선아가 이마에 날리는 머리카락을 후 불어 넘기고는 믿기지 않는다는 표정을 지었다.

"장난하니? 너 얼굴에 칼 대는 거, 끔찍하고 미친 짓이라고 했잖아."

"그래, 싫어하고 무서워했지. 근데 지금은 아냐. 다 뜯어고칠 거야."

"제발 믿어라 믿어. 김 박사님, 성형의사들 사이에서는 알아주는 분이래. 그런 대단한 분이 괜찮다는데, 왜 안 믿고 그러니? 그리고 다친 데는 눈과 코였는데, 웬 돌출입이랑 양악 수술 타령이래?"

목소리를 높이는 인주에게 난 담담히 말했다.

"다치기 전하고 거의 똑같아진 건 알겠어. 근데 내 얼굴에 옛날처럼 정이 안 가. 자신도 없구. 그래서 다 뜯어고치고 싶어."

인주는 설레설레 고갯짓을 했지만 선아는 손뼉까지 치며 좋아했다.

"우와, 난 대찬성! 솔직히 너 공사할 데 많아. 대공사 수준이라고. 모의 상담할 때 짚어준 거 진심이었어."

"알아."

"그니까 우리 같이 수술하자. 절친끼리 성형수술 하면 얼마나 좋아. 의지도 되고, 덜 무섭고. 여름방학에 쌍수부터 같이 하자, 응? 참, 근데 너희 엄마가 수술시켜준대?"

"아니, 아직 말도 못 해봤어. 백화점 세일 기간이라 요새 무척 바쁘거든."

인주가 손으로 턱을 괴며 물었다.

"너희 엄마 같은 분한테 먹히겠냐, 성형수술 엄청 싫어하신다며?"

"맞아. 울 엄마한테는 안 먹힐 거야. 집에 돈도 없고. 그래서 내가 돈 모아서 수술하려고."

"수술비가 한두 푼이야? 무슨 수로 돈을 모아?"

"초딩 때부터 스쿨뱅킹으로 모아놓은 거 있잖아. 그걸로 쌍수 비용은 조금은 댈 수 있어. 모자라는 건 알바 해서 모을 거고."

내 말에 인주가 뜨악한 표정을 지었다.

"중학생한테 누가 알바를 시켜줘? 알바할 데나 있어?"

"편의점이든 햄버거 가게든, 알바할 데는 많아. 식당 서빙이나 청소, 전단지 돌리기, 컴퓨터 문서작업, 모바일 조사도 있고. 알바 사이트에서 다 찾아봤어. 물론 부모님 동의서는 있어야 하지만."

선아가 눈을 똥그랗게 뜨며 오른손 엄지를 추켜세웠다.

"우와, 강혜규 치밀하다. 공부를 그렇게 하면 전교 1등 하고도 남겠네."

"그래서 클럽도 만들려고. 성형수술 정보도 교환하고, 수술 스케줄도 세우고, 상담도 수술도 함께하는 동아리 클럽……. 요새 성형계도 많이 하잖아. 그런 것도 하려구."

내가 계획을 다 털어놓자 선아가 환호성을 질렀다.

"우와, 완전 멋져! 사실 나 많이 외로웠어. 말이 삼총사지, 성형수술 타령은 나만 하고 너희 둘은 관심도 없었잖아. 성형클럽 하면 진짜 좋을 거 같아."

"그래, 나처럼 돈 없고 엄마 도움도 못 받는 경우엔 성형클럽 같은 게 꼭 필요해. 성형수술도 여럿이 뭉쳐서 공동구매처럼 하면 훨씬 싸게 할 수 있다더라."

"얜 공부 머리는 없는데 이런 건 어떻게 꿰뚫고 있지?"

"너야 집에 돈이 많으니까 이런 궁리 안 해도 되지만, 난 돈 걱정 해야 하거든. 울 언니도 성형수술 할 거래."

언니 소식까지 전하자 선아는 안 믿긴다는 표정을 지었다.

"세상에, 혜윤 언니까지 수술을 한다니. 너희 언니 얼굴이면 하늘을 날겠구먼."

그렇지만 언니 얘기를 길게 할 때가 아니었다. 그보다는 본론에 결론까지 확실히 마무리 지어야 했다. 나는 슬그머니 클럽 이야기를 꺼냈다.

"그래서 클럽 이름도 지어봤어. '플라스틱 빔보(Plastic Bimbo) 클럽, 줄여서 플빔. 어때?"

"웬 플라스틱? 플라스틱하고 성형수술하고 뭔 상관이야?"

"성형 미녀라는 뜻이야. 플라스틱 서저리가 성형수술이고, 빔보는 미인, 미녀란 뜻이거든. 그래서 둘을 합친 거야."

사실 클럽 이름을 짓느라고 내 딴엔 꽤 많은 시간을 투자하고 고민도 많이 했다. '성형수술 미녀'라는 뜻으로 짓고 싶은데 우리말로는 마땅한 게 떠오르지 않았기 때문이다. 다행히 영어를 찾아봤더니 '성형수술'은 '플라스틱 서저리(plastic surgery)', '미녀'는 '뷰티(beauty)', '벨(belle)', '빔보(bimbo)' 등 여러 가지 단어가 있었다. 그래서 그 단어들을 이리저리 조합해본 결과 '플라스틱 뷰티'나 '플라스틱 벨'보다는 '플라스틱 빔보'가 부르기도 쉽고 예쁜 것 같아 그리 정한 것이었다.

내 설명을 듣자마자 선아가 손뼉을 짝 쳤다.

"오, 좋은데? 플라스틱이 딱딱한 플라스틱인 줄만 알았지, 그런 뜻까지 있는 줄은 몰랐어."

하지만 인주는 샐쭉한 표정으로 빈정거리듯 말했다.

"빔보, 미녀는 미녀인데 머리가 텅 빈 미녀란 뜻이야. 그래도 괜찮아?"

말투에 뾰족한 가시가 섞여 있는 것 같아 기분이 나빴다. '빔보'라는 단어에 그런 뜻이 있는 줄도 난 전혀 몰랐다. 하지만 선아는 아무 눈치도 못 채고 좋아하기만 했다.

"당근 괜찮지. 그러니까 빔보가 고상하게 말하면 백치미인, 뭐 그런 뜻이겠네. 그렇지만 난 미모만 업그레이드되면 백치가 돼도 상관없어. 플라스틱 빔보, 센스 있고 세련되고 좋기만 하다."

인주가 발딱 일어나더니 파르르한 얼굴로 소리쳤다.

"다들 미쳤어. 너희도, 우리 엄마도. 그냥 생긴 대로 살면 안 되니? 정말 성형클럽 만들고 성형수술 할 거면 난 너희랑 절교할 거야. 내 절친이 인조인간에 성괴인 건 진짜 싫거든."

"뭐? 성괴?"

"그래, 성형 괴물, 성괴. 성형수술 하면 괴물 맞잖아?"

인주가 이렇게 나올 수도 있다고 짐작은 했지만 말이 너무 심하다는 생각이 들었다. 난 인주를 힘껏 쏘아보았다.

"그래, 넌 공부도 잘하고 얼굴도 우리보단 낫다 이거지? 좋아,

절교해. 나도 너 같은 친구 필요 없어. 선아야, 가자. 우리가 어떻게 얘처럼 고상한 애랑 어울리겠니? 끼리끼리 놀아야지."

선아가 나하고 인주를 번갈아 보며 난처한 표정을 지었다.

"왜 이래, 너희? 싸울 일 아니잖아."

"얘가 우리한테 미쳤대잖아. 인조인간 성괴하고는 절교한대잖아. 근데 어떻게 더 친구하니?"

인주도 지지 않고 쏘아붙였다

"내가 아무 이유 없이 절교한댔어? 성형수술 하면 절교한댔지? 얼굴에 한 번 손대면 자꾸 손대고 싶어지는 거 몰라? 너희들 그러다 나중에 진짜 후회한다."

"너나 후회 마. 딴 애들은 부모가 성형수술 안 시켜줘서 야단인데, 넌 엄마가 해준대도 마다하고. 그렇게 잘났니? 화살코랑 납작가슴은 어쩔 건데? 오죽하면 니 엄마가 성형하라겠어?"

나는 생각나는 대로 막 퍼부어버렸다. 사실 인주는 지적이면서 차분하고 얼핏 보면 예쁘다고도 할 수 있지만 홑꺼풀 눈에 화살코라서 자세히 보면 약간 실망스럽다. 키도 165센티미터나 되고 마른 게 흠일 정도로 늘씬하기는 하지만, 절벽처럼 납작한 가슴도 문제이고 말이다. 그런데 인주는 얼굴을 다치기 전의 내가 그랬듯, 자기 외모에 근자감─근거 없는 자신감─이 넘칠 뿐더러 성형수술을 극도로 혐오했다. 자기 엄마가 단계별 계획까지 세워놓고서 제발 수술 좀 하자며 설득하고 있는데도 말이다.

선아가 우리 둘의 눈치를 살피면서 말했다.

"둘 다 진정 좀 해라. 그리고 인주야, 성형수술도 엄연한 의술인데 왜 그리 거부감을 가져? 눈 살짝 집고, 화살코 살짝 고치고, 가슴만 쫌 세워봐. 요새 물방울 가슴 성형이 유행이라는데, 그거 무지 좋다더라. 얼굴과 몸매도 다 스펙인 거 몰라?"

인주가 세모눈을 뜬 채 쌀쌀맞게 대답했다.

"스펙? 그런 스펙 너희나 실컷 쌓아. 멀쩡한 얼굴 맘에 안 든다고 막 뜯어고치는 거, 그게 의술이니? 얼굴 갖고 장난치는 거지. 딴 병원에서는 아픈 환자가 들어와 병 고쳐서 나가는데, 성형외과는 그 반대잖아. 멀쩡한 사람이 수술받고 부작용으로 평생 고생하는 데잖아."

"어떻게 너는 부정적으로만 생각하니?"

"부정적으로 생각하는 게 아니라, 진실을 말하는 것뿐이야. 뉴스도 못 봤어? 교황님도 성형수술은 자신의 신체에 대한 공격이자 피부로 만든 부르카라고 했어."

"부르카? 그건 또 뭐냐? 암튼 교황님이 뭐라 했든 상관없어. 천주교 신자도 아닌데 무슨 상관이니?"

내가 쏘아붙였지만 인주는 공격적인 말을 멈추지 않았다.

"그건 그렇다고 쳐. 너흰 생판 모르는 남하고 의란성 쌍둥이가 되는 게 좋니? 오죽하면 성형한 여자들을 강남 언니, 강남 흔녀라고 하겠어? 나 같으면 얼굴이 좀 달려도 개성으로 살겠다."

선아가 한숨을 내쉬며 조곤조곤 말했다.

"인주야, 강남 언니니 강남 흔녀니, 다 옛날 얘기야. 요즘엔 그렇게 안 똑같아. 모태 미인처럼 자연스럽게 수술해주는 데가 얼마나 많은데. 그리고 어쨌거나 예뻐지면 그만 아니니?"

"그럼 그렇게 살아. '예뻐지면 그만'을 신조로 성형수술에 목숨 걸고 살라구."

인주는 제멋대로 말하곤 벌떡 일어나 가버렸다. 나는 인주의 뒤꽁무니를 뚫어져라 노려보았다. 내 야심찬 계획에 찬물을 끼얹은 인주가 미워도 너무 미웠다. 그렇다면 뭐 어쩔 수 없다. 비록 오랜 절친이지만 절교하는 수밖에는. 언니도 혁이 오빠와 헤어질 걸 각오하면서까지 성형수술을 하겠다는데, 까짓것 나라고 인주와 절교 못 할까.

우리들의 둥지

납작한 코, 홑꺼풀 눈, 울퉁불퉁 광대뼈, 휴우~

토욜 일욜 국경일 언제나 방콕 하는 신세, 으윽~

가라 가라 가라 예, 그런 날은!

오라 오라 오라 예, 새날은!

오뚝한 코, 왕방울 눈, 물광 꿀피부 인형 얼굴~

어디서나 예! 인기 짱 내 모습~ 오 오 오 오 오 예!

인터넷 카페 '플라스틱 빔보'에 접속하자마자 신나는 노래가 흘러나왔다. 음원 사이트에서 내가 직접 고르고 골라 배경음악으로 다운받은 노래였다. 이름 없는 뮤지션이 만든 곡이라지만 얼마나 흥겹고 신이 나던지 듣기만 해도 어깨가 들썩거렸다. 무엇보다도 가사가 우리 클럽에 딱 어울리는 노래 같아 처음 들었을 때부터 나는 필이 딱 꽂혔다.

노래를 따라 몸을 흔들흔들하는데, 채팅창이 떴다. 카페에 먼저 들어와 있던 선아가 나를 초대한 것이었다.

우와! 플빔 카페 짱 좋아!
강혜규 컴맹인 줄 알았는데 대단하다, 카페까지 만들고. ^^
배경음악도 완전 멋져!

안 그래도 기분이 들떠 있던 참에 칭찬까지 들으니 더 신이 났다.

응, 내가 컴을 쫌 하거든. ㅋㅋ

역시 인터넷 카페를 만들기를 참 잘했다. 물론 조금 힘들기는 했지만.

나도 처음엔 인터넷 카페까지는 계획하지 않았다. 그런데 클럽 회원들을 하나로 모으려면 우리만의 공간이 필요할 테고, 그러기 엔 인터넷 카페가 제격이라는 생각을 하게 됐던 거다.

문제는 인터넷 카페를 누가 만드느냐 하는 것이었다. 우리 삼총사 중에선 공부 잘하는 인주가 컴퓨터도 가장 잘 다루지만, 절교한 마당에 카페를 만들어달라고 부탁할 수는 없었다. 이미 인주와 나는 교실에서 마주쳐도 모른 척하는 냉랭한 사이가 돼버린 상태이기도 했다. 게다가 선아는 겨우 컴맹 신세나 면한 한심한 수준이었다. 그러니 어쩌랴, 내가 직접 만드는 수밖엔.

포털 사이트에 있는 '인터넷 카페 만들기 따라 하기'를 참고해 차근차근 순서대로 했더니 그리 어렵지는 않았다. 무엇보다도 막상 카페를 만들다 보니 힘들기보다는 솔솔 재미가 났다. 간단하게 만들려고 했던 처음 생각과는 달리 정성과 공을 듬뿍 들인 것도 그 때문이었다.

나는 우선 카페 대문 한가운데에 '우리도 쵸리 언니처럼!'이란 슬로건을 배치하고 쵸리 언니 사진도 올려놓았다. 나하고 선아의 롤 모델이 바로 쵸리 언니이니까. 최고의 가수이자 배우인 쵸리 언니는 얼굴을 완전히 뜯어고쳤을 정도로 성형수술을 여러 번 했다는데도 수술한 티가 전혀 나지 않고 모태 미인처럼 보였다. 또 수술하기 전의 촌스런 얼굴과 수술 후의 얼굴이 얼마나 다르던지, 서로 전혀 연결이 안 될 정도였다. 그래서 우리 둘뿐 아니라 성형수술에 관심 있는 여자라면 누구나 쵸리 언니처럼 되기를 바라고 꿈꾸었다.

슬로건 바로 옆에는 우리 둘의 현재 사진과 성형수술을 한 뒤의

가상 사진을 나란히 올려놓았다. 'before 플라, after 플라'란 제목
까지 떡하니 내걸고서. 성형수술 후의 사진은 성형외과의 가상 성
형 체험 무료 서비스에 참가해 증명사진을 업로드한 후 서비스로
받은 건데, 정말이지 너무나도 사랑스러운 모습이었다. '페이스오
프' 수준이라고 할 정도로 말이다.

슬로건과 우리 사진 바로 밑에는 아래처럼 '우리의 다짐'을 적
은 네모난 박스도 예쁘게 배치했다. 또 붉은 천으로 이마를 질끈
동여맨 우리 둘의 비장한 모습도 그려 넣었다.

우리의 다짐

우리는 스스로 만족할 만한 수준으로 외모를 업그레이드하기 위해

우리가 할 수 있는 모든 일을 다 하고 성형수술 정보를 함께 모으며,

죽을 때까지 오직 한마음으로 서로를 돕고 격려한다.

그뿐 아니라 플라스틱 빔보 클럽의 회칙도 만들어서 카페 대문
에 게시해놓았다. 이처럼 나름 완벽하게 카페를 꾸며놓았으니 선
아가 열광하는 것도 무리는 아니었다.

물론 슬로건과 우리의 다짐, 회칙 같은 것을 나 혼자서 만든 건
아니었다. 모두 다 선아랑 둘이서 머리 싸매고서 작업한 결과였다.
지난 일주일 동안 우리는 날마다 하굣길에 '겁나맛나 떡볶이집'에

출근하다시피 하며 플빔 카페에 필요한 것들을 머리를 맞대고 구상하고 결정했다. 아마도 떡볶이집 주인아줌마는 우리가 엄청 어려운 모둠 과제라도 하는 줄 알았을 거다.

지난주는 중간고사 기간이었지만 우리 둘은 마치 시험 따위하고는 아무 상관이 없는 학생처럼 플라스틱 빔보 클럽 일에만 매달렸다. 다른 때 같았으면 공부하는 시늉이라도 냈을 텐데 말이다. 어차피 둘 다 바닥을 기는 성적의 소유자인지라 공부를 하나마나 표도 나지 않는 게 현실이지만.

이쯤에서 우리 둘이 머리를 짜내 만든 초특급 대외비, 플라스틱 빔보 클럽의 회칙을 살짝 공개하면 다음과 같다.

1. 플라스틱 빔보 클럽의 정회원은 강혜규, 송선아, _____ 등 OO 명이다.

2. 정회원은 스스로 만족할 만한 수준으로 외모를 업그레이드하기 위해 성형수술 관련 정보를 모으고 나누며 함께 수술도 한다.

3. 정회원은 서로서로 도우며 같은 배를 탄 사람으로서 믿음과 의리를 지킨다.

4. 정회원은 플라스틱 빔보 클럽을 키우기 위해 노력하되 비밀을 유지하는 데 힘써 다른 사람이 우리 클럽을 알지 못하게 한다.

5. 플라스틱 빔보 클럽은 영원히 함께 가는 '포에버 클럽'이다. 함부로 들어오지도 못하고 함부로 나갈 수도 없다.

플빔 카페를 보고 있자니 가슴이 벅차고 뿌듯했다. 이미 뭔가를 많이 이룬 것만 같아서. 무엇보다도 우리만의 둥지인 인터넷 카페에서 선아와 이야기도 나누고 성형수술 정보도 교환할 수 있다는 건 무척 신나는 일이었다.

우리 둘은 채팅창에서 한참 수다를 떨다가 카페를 빠져나왔다. 선아가 피아노 레슨을 받을 시간이라고 했기 때문이다. 그래서 나는 며칠 전부터 별러온 방 단장을 하기 시작했다. 언니랑 함께 쓰는 방이라도 내 침대가 있는 벽면은 내 마음대로 꾸밀 수 있으니까.

우선 8절지 도화지를 한 장 꺼내 검정 매직펜으로 '완전 beautiful한 혜규'라는 큼직한 글씨부터 썼다. 그런 다음 그 아래에 내가 원하는 내 모습을 그려 넣었다. 큼직한 쌍꺼풀눈에 오뚝한 코, 갸름한 턱을 가진 얼굴로. 헤어스타일도 몇 년째 고수해온 '선머슴 쇼트커트'가 아니라 긴 생머리로 꾸며보았다. 그러고는 보기 좋게 포스터컬러로 쓱쓱 물감칠까지 했다.

다 완성한 그림을 벽에 붙인 후 들여다보니 정말 내가 '완전 beautiful한 혜규'가 된 듯 뿌듯하고 우쭐했다. 나는 그림 속의 내게 눈을 맞추며 스스로에게 최면을 걸었다.

"그래, 강혜규. 넌 꼭 이대로 될 거야. 'beautiful 혜규'가 될 거야. 꼭꼭꼭!"

어려운 숙제를 마친 아이처럼 기분이 붕 떠올라, 나는 콧노래가지 흥얼거리며 그다음 작업을 했다. 용돈을 탈탈 털어 구입한 쵸리 언니 브로마이드를 벽에 건 후 그 옆에 성형수술 한 스타들의 사진을 붙여나가기 시작했다.

바로 그때 밖에서 쿵, 소리가 들렸다. 놀라 뛰어나가 보니 언니가 현관 앞 거실 바닥에 쓰러져 있었다. 나는 얼른 언니를 일으켜 세웠다.

"언니! 왜 이래? 괜찮아?"

"어? 하하하, 이쁜 내 도새 혜규구나!"

언니 입에선 술 냄새가 훅 끼쳤다. 혀가 꼬부라지도록 술을 마시다니, 이토록 망가지고 흐트러진 언니를 보는 건 처음이었다.

"혜규야, 추 추카해줘! 언니 또 떨어졌다! 대단하지, 나 강혜윤?"

게슴츠레 풀어진 언니 눈엔 눈물이 그렁그렁했다.

"언니, 그렇다고 이렇게 퍼마시면 어떡해."

내 말에 언니가 흐느끼기 시작했다.

"좀 퍼마시면 어때? 언니는 루저인데, 루저. 흐윽. 이렇게 자꾸 떨어지는데."

언니가 안쓰러웠다. 취중진담이라나 뭐라나, 지금 언니가 딱 그런 것 같아서.

"언니가 왜 루저야. 언니만 한 사람이 어디 있다구. 다 잘될 거야."

"고마워, 혜규야. 그치만 언니는 루저야. 그것은 틀림없는 팩트!

아나운서 시험에서 아홉 번이나 떨어졌음 루저지 뭐, 여덟 번까진 괜찮아도 아홉 번부터는 루저야. 루저 인증!"

"언니, 좀 쉬자. 많이 취했어."

언니를 방으로 데리고 가려는데 엄마와 외할머니가 함께 들어섰다. 외할머니는 우리 아파트 바로 옆 동에 사시는데, 우리 집에 자주 들를 뿐더러 며칠씩 지내다 가시기도 한다. 다 큰 처자가 술을 퍼마셨다며 외할머니는 걱정을 늘어놓았지만, 엄마는 달려와 부축부터 했다.

엄마와 함께 언니를 침대에 눕혀놓고 나오는데 이번엔 아빠가 왔다. 어깨에 기타를 멘 걸 보니 일렉트릭 기타 동호회인 '청춘의 일렉' 모임에 다녀온 모양이었다. 아빠는 외할머니를 보자마자 허리를 구십 도로 굽혀 깍듯이 인사했다.

"장모님 오셨습니까?"

외할머니는 인사를 받는 둥 마는 둥 못마땅한 눈길로 쏘아보기만 했다.

"자네는 일렉인지 절렉인지, 고만 좀 치면 안 되나? 집안 꼴이 어찌 돌아가는 줄도 모르고 속두 편타."

아빠가 무슨 일이냐는 눈길을 보내자 엄마가 말했다.

"혜윤이 또 떨어졌잖아. 술 잔뜩 퍼마시고 왔어."

"그래? 얼마나 마셨길래?"

아빠가 걱정스런 얼굴로 언니를 살피러 방으로 들어갔다. 방문 밖으로 언니와 아빠의 말소리가 새어 나왔다.

"흐윽, 죄소해요, 아빠. 나, 또 떨어졌어. 하하."

"아이구, 어디서 이렇게 퍼마셨어. 얼마나 속상했으면 이랬을까. 쯧쯧."

"술 마셔서 죄소해요. 담엔 안 떨어질게요."

"그래 그래, 혜윤아. 다 잘될 거니까 걱정 마. 우리 딸들은 다 잘될 거야, 분명히!"

자유롭고 긍정적인 영혼의 소유자답게 아빠는 언니를 잘 위로하고 있었다. 그 덕분인지 언니가 주정하는 소리는 더 이상 들리지 않았다.

조금 뒤 아빠가 방에서 살금살금 걸어 나왔다. 나한테 한쪽 눈을 찡끗찡끗해 보이면서.

그곳, 쁘띠보떼

신도시에 있는 우리 동네에서 서울 강남까지는 거리가 꽤 멀었다. 지하철도 세 번이나 갈아타야 했다.

"멀긴 멀다."

"뭐가, 그래 봤자 한 시간 반밖에 안 걸려."

내가 툴툴거리자 선아가 새침하게 말했다. 예뻐지기 위해서인데 그 정도 시간도 투자 못 하냐, 뭐 그런 눈치 같았다.

우리는 토요일을 맞아 성형수술 무료 상담을 하러 가는 길이었다. 얼마 전 뷰밥 카페에서 쁘띠보떼 성형외과의 무료 상담 이벤트 참가자를 모집했는데, 운 좋게도 둘 다 뽑힌 덕분이었다.

강남 지하철역 일대는 예상했던 대로 성형외과 천지였다. 빌딩 하나에 성형외과가 여러 개 들어차 있는 곳도 한두 군데가 아니었다. 사방을 둘러보며 어리둥절해하는데 선아가 소리쳤다.

"저기다!"

선아가 가리키는 건너편 빌딩 중간쯤엔 정말 쁘띠보떼 성형외과 간판이 걸려 있었다. 고만고만한 성형외과 간판에 파묻혀 별로 눈에 띄지도 않는데, 어찌 그리 금방 찾아냈는지 신기할 따름이었다.

건널목 신호등이 초록색으로 바뀌기를 기다리며 나는 슬쩍 주위를 둘러봤다. 나하고 선아처럼 선글라스에 마스크, 모자로 무장한 여자들이 한둘이 아니었다. 고개를 푹 숙인 채 혼자 서 있는 이도 있었지만 둘씩 셋씩 무리를 지은 경우도 많고, 우리 또래 십대 애들도 적지 않았다. 분위기로 보아 다들 쁘띠보떼에 무료 상담을 하러 가거나, 아니면 근처 성형외과에 가는 게 분명했다.

긴장되는 가슴을 누르며 서 있는데 선아가 넌지시 물었다.

"왜, 떨리니?"

"조금. 선아 넌?"

"난 엄마랑 많이 다녀봤잖아. 처음에만 떨리지 자꾸 다녀보면 아무렇지도 않아. 뭐든지 다 그렇잖니."

"그렇구나. 근데 선글라스 좀 큰 걸로 끼고 올 걸 그랬어. 누가 알아보면 어떡해?"

"알아보면 어때서? 성형외과 오는 게 죄니? 맘에 걸리면 모자

눌러 쓰고 마스크 당겨."

역시 선아는 성형수술에 관해서만큼은 나보다 고수다. 선글라스만 해도 렌즈가 엄청나게 커서 얼굴의 절반 이상을 커버해주는 걸 쓰고 왔다. 내가 미처 알아보지 못할 정도였다. 그렇지만 나는 겨우 눈 주위만 가려주는 렌즈가 작은 선글라스를 꼈다. 엄마 선글라스는 어디 있는지 찾을 수도 없고 언니 책상 서랍에도 달랑 이것밖엔 없었다.

신호등이 빨강색에서 초록색으로 바뀌었다. 우리는 건널목을 건너 빌딩 3층에 있는 쁘띠보떼 성형외과로 갔다. 쁘띠보떼 성형외과는 입구부터 분위기가 아주 독특했다. 병원이라기보다는 무슨 호텔 로비나 갤러리 혹은 아늑한 레스토랑에 온 것 같은 느낌이 들 정도로……. 깔끔하면서도 센스 있게 꾸민 실내, 벽 곳곳에 걸린 추상화와 풍경화, 여러 가지 화분들, 그리고 꼬마 분수로 꾸민 실내 정원 덕분이었다.

이상한 건 안내 데스크에 있는 연보랏빛 가운을 입은 언니들의 얼굴이 죄다 비슷비슷해 보이는 것이었다. 나는 궁금해서 선아에게 물었다.

"저 언니들 간호사지? 예쁘긴 한데 왜 저렇게 비슷하게 생겼어?"

"간호사가 아니고 코디네이터들이야. 그리고 코디네이터는 그 병원에서 수술한 언니들이 맡는 경우가 많대. 같은 의사한테서 수술받았으니 서로 비슷비슷해 보이는 거구. 의란성 쌍둥이란 말이 왜 있겠니?"

선아의 설명에 문득 찜찜한 생각이 들었다.

'의란성 쌍둥이? 그럼 나하고 선아도 이 병원에서 같이 수술하면 얼굴이 비슷해지는 걸까? 그건 싫은데……'

그때 코디네이터 한 명이 우리를 보며 소리쳤다.

"학생들, 무료 이벤트에 왔죠? 접수부터 하고 기다리세요."

안내 데스크에서 상담 접수를 하면서 우리는 둘이서 같이 상담받고 싶다고 말했다. 그건 나 때문이었다. 성형수술 상담을 받는 게 처음이라 혼자서 상담실에 들어가는 게 아무래도 좀 겁이 났다.

"글쎄, 상담도 프라이버시를 지켜야 하는 거라서 곤란한데, 잠깐만……"

가장자리에 앉은 코디네이터가 옆의 코디네이터에게 뭐라 묻더니 그렇게 하라고 했다. 어린 학생들이니 특별히 봐준다면서.

상담 순서를 기다리기 위해 대기실 소파에 막 앉는데 맞은편에 앉아 있는 아이가 눈에 띄었다. 모자와 선글라스로 얼굴을 가렸지만 우리 반 김소희 같았다.

"선아야, 쟤 김소희 아니니?"

"어머! 그런 거 같아."

우리가 수군거리자 그 애가 화들짝 놀라며 얼른 얼굴을 돌렸다.

선아가 내 귀에 대고 속닥거렸다.

"소희 쟤두 성형수술에 관심 많나 보다. 접때 교실에 핸드폰이 떨어져 있길래 주인 찾아줬는데, 그게 쟤 거였거든. 그때 얼핏 봤는데 카톡 친구 리스트에 성형외과 전화번호가 줄줄이 있더라구. 그때 좀 의아했는데 역시나."

소희가 성형외과에 오다니 뜻밖이었다. 2학년 때부터 같은 반이어서 조금 아는데, 늘 조용하고 친구도 없는 데다 어딘가 어두운 구석이 있는 아이였기 때문이다. 그렇지만 나는 곧 생각을 바꿨다.

'나도 무료 상담하러 왔는데 소희라고 못 올까. 쟤도 예쁜 편은 아니니 성형수술에 관심 가질 수 있겠지.'

이윽고 우리 차례가 되었다. 상담실로 들어서자 상담실장 명찰을 단 언니가 반가운 몸짓으로 우리를 맞이했다. 깔끔한 감색 투피스 안에 흰 셔츠를 입고 머리를 올백으로 넘겨 묶은 이십대 후반 정도의 언니였다.

"어서 와요. 꽃뫼고 학생들이군. 오늘 유난히 꽃뫼중·고 학생들이 많네. 자, 변장 도구는 벗고, 누구부터 상담할까나?"

실장의 말에 나는 뜨끔했다. 중학생이라고 하면 혹시 무료 상담을 못 할까 봐 이벤트 신청할 때부터 고1이라고 거짓말을 했는데 꽃뫼중 아이들도 많이 왔다고 하니 말이다.

실장이 눈웃음을 지으며 나를 보았다.

"학생부터 할까? 이름이?"

선아부터 상담하면 좋겠는데 하필 나부터 지목하다니……. 그래도 바꿔달라고 하기는 멋쩍어 나는 그냥 대답하고 말았다.

"네, 강혜규입니다."

"그래, 혜규 학생은 어디를 어떻게 개선하고 싶죠? 모자랑 선글라스부터 벗어보세요."

나는 모자와 선글라스를 벗으며 머뭇머뭇 말했다.

"저는요, 이 광대뼈도 싫지만 일단은 눈하고 입, 코 정도를……. 전체적으로 좀 촌스러운 것 같아서 지적이고 청순한 얼굴로 바꾸고 싶어요."

실장이 당연하다는 듯 고개를 끄덕였다.

"오호, 그래요? 혜규 학생은 지금도 결코 못생긴 얼굴이 아니지만 조금만 손보면 훨씬 예뻐질 수 있겠어요. 좋게 말하면 개성적이지만, 나쁘게 말하면 좀 사납고 촌스러워 보이는 게 사실이잖아. 광대뼈하고 들창코, 돌출입…… 눈도 손을 많이 보아야겠네요."

얼굴이 달아올랐지만 나는 고개를 더 빳빳이 들었다. 기죽은 모습을 보이기 싫었다.

"우선 눈부터 말하면 미간이 너무 넓은 데다 눈초리가 올라갔어. 그래서 전체적인 이미지가 매섭고 촌스럽게 보이네. 손거울 좀 볼래요?"

실장이 주는 손거울을 받아들고 얼굴을 살펴보았다. 손거울이 무슨 특수 거울이기라도 되는 양, 오늘따라 눈초리가 더 매섭고 촌스러워 보였다.

"눈이 첫인상을 좌우한다는 거, 잘 알죠? 우리 병원을 찾는 고객들 누구나 밝고 맑은 인상을 주는 눈으로 만들어주는 게 우리 원장님의 일차적인 목표예요."

"네에."

"혜규 학생 같은 경우엔 앞트임을 해서 넓은 미간을 좁혀주고 뒤트임과 눈초리 내림술도 해야겠네요. 쌍수야 필수고……. 그래도 눈가가 얇고 지방이 없어서 쌍꺼풀은 절개법 말고 매몰법으로 해도 되겠어. 그렇게만 하면 나무랄 데 없이 청순하고 지적인 눈매가 되죠. 요즘은 특히 단매듭 연속 매몰법이라는 게 있는데, 그게 뭐냐면……."

머리가 딱딱 아파왔다. 도대체 눈 한 가지에만 몇 가지 수술을 해야 한다는 건가? 물론 매몰법에 대해선 나도 웬만큼은 알고 있다. 피부를 째지 않고 그냥 집어서 꿰매주는 거라 상처가 남지 않고 부기와 흉터도 거의 없는 수술법. 그런데 단매듭 연속 매몰법은 또 뭐란 말인가. 게다가 뒤트임과 앞트임, 눈초리 내림술까지 다 해야 한다니.

"그리고 코는…… 들창코라서 얼굴 라인에 비해 코가 낮고 콧날이 짧은 데다 들리고 퍼져 있네요. 정면에서 보면 콧구멍도 많이 보여서 얼굴 평수도 넓어 보이고…….”

실장이 내 코를 집중적으로 들여다보더니 말을 이었다.

“이런 경우엔 코를 오뚝하게 높이는 동시에 콧구멍이 덜 보이도록 하는 들창코 교정 수술을 합니다. 옆에서 봤을 때 버선코처럼 살짝 올라가게 하는 거죠. 그러면 얼굴이 아주 작고 입체적으로 보일 수 있어요.”

“들창코 교정 수술이요?”

“그래요. 근데 정확히 어떤 걸 들창코라고 하는지 알기는 해요?”

“아뇨, 잘 모르는데…….”

“들창코는 돼지코라고도 하는데 정면에서 볼 때 콧구멍이 보이고, 코끝과 입술이 이루는 각도가 110도 이상으로 들린 코를 뜻해요. 이상적인 각도는 90에서 100도인데 말이죠. 들창코야말로 이미지를 망치는 일등공신입니다. 그래서 콧날개 연골을 연장하면서 피부를 늘여줘야 하는데, 콧기둥을 절개해서 할 수도 있지만 콧구멍 안쪽만을 째서 수술할 수도 있어요. 그리고…….”

실장은 구구절절 설명했다. 개방법, 비개방법, 실리콘, 고어텍스, 귀연골, 콧속 물렁뼈, 자가 연골 이식 등…….

웬만한 성형수술법과 인공보형물 이름은 미리 익혀두었는데도 실장이 말하는 낱말과 문장은 낯설기만 했다. 또한 그 낱말과 문장들은 '네 코는 엄청나게 문제가 많다'라는 하나의 문장으로 이해되었다. 한숨만 나왔다. 두렵기도 했다. 예뻐지기 위해 이렇게 많은 수술을 해야 한다니. 부작용이나 후유증도 걱정됐다. 그래서 나는 조심스레 물었다.

"성형수술이 잘못될 수도 있잖아요. 부작용이나 후유증 같은 게 생기면 어떡해요?"

실장이 의미심장한 눈으로 나를 빤히 보았다.

"어머나, 구더기 무서워서 장 못 담글까? 학생은 교통사고 무서워 자동차나 지하철 안 타나요? 언론에서 하도 떠들어대서 그렇지, 성형수술 부작용은 교통사고 당할 확률보다 적어요."

할 말이 없었다. 정말 교통사고 당할까 무서워서 자동차나 지하철을 타지 않는 사람은 없을 테니까. 내가 대꾸를 못하자 실장이 내 입 주위를 보더니 안타까운 표정을 지었다.

"어머, 돌출입. 이 돌출입이야말로 인상을 촌스럽게 만드는 치명적인 결정타예요. 보자, 학생은 잇몸 돌출형이네."

"잇몸 돌출형이요?"

"그래. 이런 경우엔 간혹 수술을 안 하고 치아 교정만 하기도 하지만, 그러면 예뻐진다고 장담할 수가 없어요. 수술을 해야지. 문제는 돌출된 입에 비해 아래턱이 왜소하고 사각턱도 큰 편이라는 것. 이럴 땐 돌출입을 수술하면서……."

광대뼈 축소술, 양악 수술, 안면윤곽수술……. 실장의 입에선 갖가지 수술명이 쏟아져 나왔다. 속이 답답해지면서 나도 모르게 눈물이 툭 굴러떨어졌다. 이 많은 수술을 해야 할 정도로 내 얼굴에 문제가 많은 것일까, 하는 절망감이 가슴을 콱 짓눌렀다.

실장이 나를 힐긋 보더니 핀잔을 놓았다.

"이렇게 마음이 약해서 어떡해? 내가 뭐라고나 했나? 예뻐지려면 이러저러한 수술이 필요하다고 했을 뿐인데. 아무튼 우리 병원에서 수술하면 전체적으로 매력 돋는 얼굴이 될 테니까 잘 생각해요."

나는 얼른 마음을 추스르곤 황급히 대답했다.

"네, 실장님."

선아도 옆에 있는데 눈물을 흘린 게 너무 창피했다. 나 자신이 너무 바보 같기도 했다.

이번엔 선아 차례가 되었다. 선아와 상담을 시작하면서 실장은 쌍꺼풀과 매부리코 수술부터 권했다. 선아는 고수답게 아주 능청스러웠다. 놀라기는커녕 실장이 하는 말을 척척 받아서 여유를 부리기까지 할 정도로.

"선아 학생은 매부리코이긴 해도 아주 심하진 않네. 코뼈를 다듬고 코끝을 살짝 올려주기만 해도 아주 드라마틱한 코가 되겠네요."

"아휴, 실장님. 정말 저는 이 코하고만 이별하면 원이 없겠어요. 우리 아빠 코가 딱 이래요. 근데 수술 잘못돼서 분필코가 되는 일은 없겠죠?"

"그럼요. 돌팔이 병원에서나 분필코를 만들지. 우리 같은 일류 병원에선 절대로 그런 일 없어요. 아무 걱정 말아요. 아빠 코랑 완전히 이별할 수 있게 명품코로 만들어줄 테니까. 호호."

선아와 상담실장은 죽이 착착 맞았다. 두 사람이 얘기를 주고받는 모습을 보며 내 마음도 한결 편안해졌다. 한편으로는 속도 시원했다. 예뻐지려면 내 얼굴 어디 어디를 수술해야 될지, 이제 알 만큼 다 알게 됐으니까.

문제는 수술비와 수술 순서였다. 그래서 수술을 어떤 순서로 해야 하는지, 또 수술비는 얼마나 들지 견적 좀 뽑아달라고 부탁했다.

"이번 여름방학 땐 쌍꺼풀 포함해 눈가 수술만 하고, 겨울방학이나 내년 여름에 코 수술을 합시다. 돌출입 교정과 안면윤곽수술은 수능시험 끝나고 하고요. 물론 수술을 결정할 땐 꼭 부모님 모시고 와서 상담해야 해요."

여기까지 말하고서 실장은 갑자기 목소리를 낮추었다.

"있잖아요, 우리 병원에서 쌍수 하면 나중에 딴 수술을 할 때도 계속 할인 받을 수 있어요. 친구들 데리고 와도 할인해주는데, 두세 명이면 십 퍼센트, 다섯 명 이상이면 이십 퍼센트, 열 명 이상이면 사십 퍼센트 할인이 가능해요. 공동구매 원리죠."

이미 어느 정도는 아는 내용이었는데도 귀가 솔깃했다. 친구들을 모아오는 대로 수술비를 할인해준다니! 열 명 이상은 몰라도 다섯 명 정도는 너끈히 모을 자신도 있었다.

상담을 다 마치고 병원을 나서는데 선아가 밝은 얼굴로 조잘거렸다.

"혜규야, 실장 언니 설명 잘하지? 성형외과 실장들은 원래 말발이 좋아야 하는데, 저 언니는 진짜 잘한다. 우리 여름방학 때 이 병원에서 쌍수부터 하자. 근데 너 다친 지 얼마 안 됐는데 쌍수해도 괜찮겠어?"

"이미 다 나았어. 그리고 여름방학 되려면 두 달이나 남았으니까 시간은 충분해. 쌍꺼풀 하는 부분은 다친 데도 아니잖아. 근데 성형수술, 여름보다는 겨울에 하는 게 좋지 않아?"

"계절이 뭔 상관이야. 오히려 여름에는 혈액순환이 잘돼서 부기가 금방 빠져 더 좋다더라 뭐."

"그래? 그렇담 문제는 수술비구나……."

얼른 속으로 돈 계산을 해보았다. 편의점 알바를 시작한 지 이제 겨우 2주일이 됐다. 초등학생 때부터 스쿨뱅킹으로 저금한 돈은 쌍꺼풀 수술을 하기엔 꽤 모자랐다. 수술비를 마련하려면 아무래도 두 달 정도는 편의점에서 일해야 할 것 같았다. 언니 때문에 엄마까지 잔뜩 신경이 곤두서 있어 아직 내 얘기는 성형수술의 '성' 자도 못 꺼내본 처지였다. 사실 말을 한다 해도 엄마는 수술비를 보태주기는커녕 펄펄 뛸 게 분명했다.

"그럼 혜규야, 빨리 플빔 클럽 회원부터 모아보자. 여러 명이 수술하면 할인 많이 해준다잖아. 김소희한테 말해볼까? 걔도 집이 넉넉한 것 같지는 않던데."

"아까 걔 소희 맞아?"

"응, 내가 볼 땐 확실하던데."

그게 맞다면 소희를 끌어들이는 건 어렵지 않을 것 같았다. 관심이 있으니까 성형외과에 왔을 테고, 수술을 하려면 돈이 필요할 테니까.

선아는 클럽 회원 모으는 것도 별로 힘들지 않을 거라고 했다. 저번에 모의 상담할 때도 여자애들이 우르르 몰렸다면서. 우리 반뿐만 아니라 딴 반 애들도 모아보자고 했다. 하지만 나는 조금 걱정이 됐다.

"그러다 소문 퍼지면 어쩌려고?"

"너 원래 클럽 만들자고 할 때부터 성형계니 뭐니 하면서 애들 모으자고 했잖아. 그리고 이게 뭐 나쁜 짓이니? 이런 클럽 있는 줄 알면 너도나도 들어오려고 할걸."

틀린 말은 아닌 것 같았다. 그래서 우리는 일단 플라스틱 빔보 클럽 회원을 모으는 일에 온 힘을 기울이기로 했다. 또 나는 편의점 알바를 평일에 하루 더 해서 쌍꺼풀 수술비를 확실히 마련하기로 했다.

1층으로 내려와 지하철역 쪽으로 가는데 달콤하고 고소한 빵 냄새가 풍겨왔다. 병원 바로 옆 건물에 빵집이 있었다.

"혜규야, 우리 빵 먹으면서 회원 리스트 좀 짜보고 가자. 내가 쏠게."

"진짜? 나야 좋지."

우리는 얼른 빵집으로 들어가 빵을 한가득 사서 먹었다. 희망이 가슴 가득 들어찬 덕분일까, 계획이 멋들어진 덕분일까? 빵이며 딸기 주스도 정말 맛있고 회원 리스트도 금세 다섯 명이나 채워졌다.

"아웅, 이제야 배가 좀 차네. 좋~다."

나는 기지개를 쭉 켜며 무심코 밖을 보았다. 그러다가 그만 깜짝 놀라고 말았다. 의자 옆 통유리창 너머로 윤호찬이 지나가고 있었던 거다.

"어머. 쟤 윤호찬 아냐?"

내가 소리치자 선아가 고개를 빼고 창밖을 내다봤다.

"진짜! 쟤가 여기 웬일이지?"

"그러게. 쟤네 집이 이 근처인가?"

"설마. 여기가 우리 동네에서 얼마나 먼데. 암튼 세상 참 좁다. 여기서 쟤를 다 보구."

"쟤도 성형수술 상담받으러 왔나? 성형외과에 남자 환자들도 더러 있잖아."

"에이, 그건 아냐, 혜규야. 저번에 성형외과하고 원수라도 진 것처럼 방방 뛰었잖아."

"그럼 친척집에 왔나? 예전에 살던 동네도 여기 아니라고 들었는데."

아무려나 윤호찬이 강남에 와 있는 까닭을 우리는 도무지 알 수가 없었다. 어깨가 축 처져 있던 걸 보면 무슨 일이라도 있는 듯했다. 선아가 그건 짐작이 간다며 말했다.

"둘 중 하나일 거야. 성적 아니면 리샤 때문."

윤호찬이 이번 중간고사를 망쳤다는 얘기는 나도 들어서 알고 있다. 하지만 리샤 때문이란 건 무슨 얘기인지 처음 듣는 소리였다.

"리샤하고 쟤하고 무슨 일 있어?"

"몰랐어? 윤호찬이 리샤 좋아한대잖아. 그래서 사귀자고 했는데 리샤가 싫다고 했대. 리샤는 눈도 높지, 윤호찬 같은 애를 마다하고, 참나."

선아 말이 놀랍기는 했지만 그뿐이었다. 리샤와 윤호찬, 그 둘이 좋아하든 말든, 사귀든 말든, 나하곤 아무 상관이 없으니까.

동지들을 찾아라!

아무리 기다려도 김소희는 좀체 나타나지 않았다. 점심시간도 벌써 다 끝나가고 있는데, 선아가 툴툴거리며 등나무 의자를 발로 툭 찼다.

"얘는 점심을 몇 시간씩 먹는 거야? 5교시 시작하겠다."

짜증이 나기는 나도 마찬가지였다. 등 뒤 담장에서 풍겨오는 라일락 향기마저 불쾌하게 느껴질 정도로.

소희는 선아와 내가 플라스틱 빔보 클럽 회원 일 순위로 꼽은 아이였다. 쁘띠보떼 성형외과에서도 마주쳤으니 우리 제안을 금방 받아들일 것 같아서였다. 그런데 아까 식당에서 점심 먹고 나서 잠깐 보자고 했을 때부터 떨떠름해하더니, 인내심이 바닥이 나서 우리가 자리를 뜨려고 할 즈음에야 겨우 모습을 드러냈다.

"왜? 할 얘기가 뭔데?"

우리를 보자마자 소희가 뾰족한 목소리로 물었다. 오늘따라 유
난히 얼굴이 동글동글하고 눈코입이 오밀조밀한 게 밉상스레 보였
다. 그렇지만 나는 짜증이 났던 걸 감추고 조심스레 말문을 열었다.

"우리, 클럽 만들었는데 너 안 들어올래?"

"무슨 클럽?"

"플라스틱 빔보 클럽이라고…… 선아랑 둘이서 만들었는데 회
원을 모으거든. 너한테 제일 처음으로 제안하는 거야."

"플라스틱 빔보? 성형 클럽이니?"

난 깜짝 놀랐다. 성적도 별로 좋지 않고 수업 시간마다 늘 조는
아이가 플라스틱 빔보의 뜻을 금방 알아채다니! 그렇지만 안 놀란
척 차분히 설명했다.

"맞아, 성형수술 클럽이야. 성형수술 정보도 교환하고 수술도 함
께 받는 거지. 너도 알겠지만 여럿이 같이 수술하면 수술비를 많이
할인받을 수 있거든. 온라인 카페도 벌써 다 만들었어."

소희가 같잖다는 표정으로 픽 웃었다.

"별 클럽을 다 만들었네. 근데 왜 나더러 같이 하자는 건데? 너
희들은 내가 얼굴을 뜯어고쳐야 한다고 생각하니?"

어안이 벙벙했다. 선아도 나만큼이나 놀란 눈치였다. 우리가 어

리바리한 채로 아무 대답을 못 하자 소희가 다그쳤다.

"말해봐. 나한테 그 클럽 들어오라는 이유가 뭐냐고?"

"아 아니, 너 성형수술 관심 있잖아. 쁘띠보떼에서두 봤고."

"쁘띠보떼? 그게 뭔데?"

"서울 강남에 있는 성형외과 몰라? 토욜에 우리랑 마주쳤잖아."

"누가 성형외과엘 가. 무슨 소리야!"

소희가 날선 표정으로 목소리를 높이자 선아가 발끈했다.

"어머, 뭘 시치미를 떼고 그러니 치사하게? 거기서 너도 우리 쳐
다봤잖아."

"치사해? 난 거기가 어딘지 모른다고 이년들아! 그리고 솔직히
너희처럼 본판이 딸려야 성형을 하지, 나 같은 애가 왜 하냐? 난
그딴 거 관심 없으니깐 님들이나 실컷 하셔."

다다다 쏘아붙인 후 소희는 씩씩거리며 가버렸다. 난 이만저만
놀란 게 아니었다. 늘 교실에서 존재감 없이, 친구도 없이, 조용하
게 지내는 아이가 이렇게 거칠게 소리치며 화를 내다니. 게다가 누
가 봐도 우리보다 외모가 낫다고 할 수는 없는 수준인데, 소희는 자
신의 본판이 우리보다 낫다고 확신하는 눈치였다. 물론 소희가 몸
매 하나는 끝내준다는 건 나도 인정한다. 아마 개처럼 들어갈 데 들
어가고, 나올 데 나온 육체파 글래머도 우리 반에 더는 없을 거다.

소희 뒷모습을 물끄러미 보고 있는데 옆에서 누가 불쑥 말을 던

졌다.

"플라스틱 빔보, 내가 끼면 안 되니?"

홍유라가 웃음 띤 얼굴로 서 있었다.

"어, 너 언제 왔어?"

내가 되묻자 유라가 씩씩하게 말했다.

"너희 하는 얘기, 지나가는데 다 들리더라고. 플라스틱 빔보 클럽, 나 좀 끼워주라. 나 안 그래도 그런 거 만들고 싶었거든. 선아야, 너 나 모의 상담도 안 해줬으니까 그 클럽 끼워줘, 오케이?"

오늘은 왜 이리 기막힌 일이 일어나는 걸까? 유라야말로 성형수술이 필요 없는 애다. 오죽하면 우리 학교 진정한 퀸카는 리샤가 아니라 유라라고 하는 아이들까지 있을까. 나는 유라를 아래위로 훑어보며 부러 차갑게 말했다.

"장난하니? 너 같은 애가 왜 성형수술을 한다는 거야?"

"내 얼굴 하나하나 뜯어봐 봐. 진짜 에러투성이야."

"칫, 호강에 겨워서. 어디가 에러인데?"

"잘 봐. 코는 넙데데하고, 입도 크고, 광대뼈도 톡 튀어나왔어. 눈썹도 넘 짙고."

유라가 자기 얼굴 곳곳을 가리키며 조잘거렸다.

"그니깐 나도 끼워줘, 응?"

유라는 장난이 아니고 진심인 것 같았다. 하긴 한 달 전 선아가 모의 성형 상담을 할 때도 자기 얼굴에 콤플렉스가 많다고 우겨댔던 아이다.

지금은 짝이 바뀌었지만 유라는 삼월 한 달 동안 내 짝이었다. 그때 지켜본 바로는 공주병 기질이 있고 조금 다혈질이라서 그렇지 성격도 무난하고 평판도 그리 나쁘지 않았다. 선아 못지않게 자나 깨나 손에서 손거울을 놓지 않고 살고, 우리 둘보다도 더 공부를 못해 반 평균을 갉아먹는 대표 주자라는 게 흠이라면 흠일까.

선아가 짝짝 손뼉을 쳤다.

"난 찬성! 들어오겠다는데 말릴 거 없잖아. 유라 같은 애가 들어오면 딴 애들 모으는 것도 더 쉬울 수도 있어."

"우린 당장 쌍수 할 애들부터 모아야 하는데 유라는 쌍꺼풀이 있잖아."

"참, 그렇지. 당장 쌍수 할 회원이 필요한데, 우리는."

내 말에 선아가 아쉬운 표정을 짓자 유라는 되레 눈을 반짝 빛냈다.

"어머, 너희 쌍수부터 할 거니? 잘됐다. 나도 이번 여름에 쌍수하려구 했단 말이야. 내 눈꺼풀 좀 봐봐. 쌍꺼풀이 있긴 해도 너무 가늘잖니. 양쪽이 짝짝이기도 하고. 그래서 확실하게 굵은 쌍꺼풀로 만들고 싶어. 그니까 나도 끼워줘, 응?"

유라의 왼쪽 눈을 보니 쌍꺼풀이 좀 희미하긴 했다. 그렇다면

마다할 이유가 없다.

"좋아! 그럼 우리 클럽 들어와."

"와우, 진짜 고마워!"

"변심이나 하지 마, 그럼 죽음이니깐."

내 엄포에 선아도 맞장구쳤다.

"맞아. 우리 클럽은 맘대로 못 들어오지만, 나갈 땐 더더욱 맘대로 못 나간다. 우린 포에버거든, 알았지?"

"포에버? 우와, 무시무시한 조직이네."

허리를 반으로 꺾으며 유라가 명랑하게 웃어댔다.

드디어 플라스틱 빔보 클럽 회원이 한 명 더 늘었다.

"이거 계산해 달라고요."

성난 목소리에 놀라 나는 눈을 번쩍 떴다. 교복을 입은 남학생이 짜증 섞인 표정으로 캔 콜라를 내밀고 있었다. 계산대 앞에 서 있다가 나도 모르게 그만 깜빡 졸았던 모양이다. 나는 얼른 미안하다 말하곤 바코드 스캐너를 캔 콜라에 갖다 댔다.

"천이백 원입니다."

남학생이 콜라 값을 계산하고 나가자마자 유라와 선아가 나란히 들어왔다. 나는 둘을 미처 못 알아볼 뻔했다. 화장 때문이었다. 선아는 뿔테 안경 속 눈가와 속눈썹에 보라색 아이섀도와 마스카라를 칠하고, 입술엔 새빨간 립글로스까지 바른 모습이었다. 유라는 요란하게 스모키 화장을 했는데, 눈가는 마스카라와 펄 섞인 보라색 아이섀도로 단장하고 두 뺨엔 발그레하게 볼터치까지 한 것 같았다. 요즘은 내추럴 베이스 메이크업이 유행이라는데, 유라의 화장은 그 반대였다. 아무튼 평소에도 학교에까지 화장을 하고 다니는 아이다웠다.

"얼굴에 뭔 짓을 한 거니, 너희?"

내가 묻자 선아와 유라가 동시에 대답했다.

"응, 시간이 남아 화장놀이 좀 했지. 강혜규, 편의점 알바 어울리는데!"

"그러게 완전 알바 스타일이야."

나는 어깨를 으쓱하며 되물었다.

"웬일이야, 둘이서 여길 다 오고?"

"우리 같은 영어 학원 다니잖아. 학원이 여덟 시 반에 끝났는데 네가 오늘 아홉 시까지 알바한다고 한 게 생각나서 왔어. 학원에서 여기까지 딱 오 분 걸리더라."

"그랬구나. 조금만 기다려. 끝날 때 다 됐어."

벽시계를 보니 아홉 시 삼 분 전이었다. 때마침 사장님이 문을 열고 들어섰다.

"별일 없었지, 혜규야?"

"네, 사장님."

"그럼 이만 가봐. 수고했다."

나는 꾸벅 인사하곤 가방을 챙겨 편의점을 나섰다. 선아와 유라도 따라 나왔다.

저만치 버스 정류장이 보였다. 우리는 버스를 탈까 하다가 그냥 걸어가기로 했다. 집까지 두 정거장이니 걷기에 무리가 되는 거리는 아니었다. 큰길이라 사람도 많고 가로등도 훤해서 밤이라 해도 위험할 것도 없었다. 조금 전까지만 해도 무척 피곤했는데, 친구들과 함께 걸으니 피곤함이 싹 가시는 듯했다. 유라가 궁금한 표정으로 물었다.

"알바 괜찮아? 안 힘들어?"

"응, 처음엔 힘들었지만 지금은 익숙해져서 괜찮아. 수술비 버는 일인데 고맙지 뭐."

"알바하면 한 시간에 얼마 받아?"

"오천오백팔십 원. 청소년도 똑같이 최저임금 받거든. 딴 데선 중딩이면 조금 깎기도 한다던데, 우리 사장님은 안 그래. 무지 좋으신 분이야."

"하루에 네 시간 하면 얼마니? 오천오백팔십 곱하기 사, 유라야 계산해봐."

선아의 재촉에 유라가 핸드폰을 꺼내더니 얼른 셈을 했다.

"음, 오천오백팔십 곱하기 사, 이만이천삼백이십 원이네. 평일에 한 번 하고, 주말까지 일하면 그래도 꽤 많이 벌겠다."

"그래, 그동안 저금해놓은 거랑 합치면 쌍수 비용은 충분해. 여름방학까진 시간도 많이 남았고."

대답을 하면서도 나는 뿌듯했다. 알바를 시작한 지 벌써 삼 주째, 세 시간 네 시간씩 꼬박 서서 일하는 게 힘들지 않다고 하면 거짓말이다. 가끔 이상한 손님도 있어 마음이 상할 때도 있다. 하지만 딴 곳 사장들은 보통 알바비를 달마다 계산해준다던데, 우리 사장님은 일주일에 한 번씩 결제해주니 그것만으로도 난 운이 좋은 편이다. 덕분에 통장엔 벌써 지난 2주일 동안 받은 알바비가 고스란히 저금돼 있다. 이렇게 쭉 알바를 하면 여름방학에 쌍꺼풀 수술을 하고도 돈이 꽤 많이 남을 것 같았다.

첫 번째 버스 정류장을 지나칠 무렵 유라가 다시 또 물었다. 워낙 호기심이 많은 애다.

"편의점 알바, 중딩도 할 수 있는 거야?"

"응, 부모님 동의서에 도장 받아오면 할 수 있어."

"그럼 너희 엄마나 아빠가 도장 찍어주셨어?"

"아니. 반대할 거 같아서 동의서도 내가 쓰고 엄마 도장 몰래 빼냈지."

선아가 혀를 내둘렀다.

"간도 크다. 들키면 어쩌려고? 편의점 알바할 때는 집에 뭐라고 하고 오는데?"

"도서관 간다 하고 오지. 설마 엄마 아빠가 도서관까지 쳐들어오겠니? 안 그래도 바쁜 분들인데, 크크."

"대단하다. 근데 혜규야. 좋은 뉴스가 있어. 4반 마정하랑 박미연이 우리 클럽에 들어오겠대."

선아 말에 나는 깜짝 놀랐다. 오늘 처음으로 플빔 클럽 회원을 모으기 시작했는데, 생각보다 쉽고 빠르게 모아지는 것 같아서. 하지만 박미연이라면 몰라도 마정하는 결코 반갑지 않았다. 2학년 때 같은 반이어서 아는데 걔는 입이 무척 가볍다. 그런 애가 들어오면 자칫 우리 클럽에 대해 이상한 소문만 퍼질 게 뻔하다.

"걔네들한테 누가 말했는데?"

내가 묻자 유라가 우쭐해하며 대답했다.

"나. 걔네도 같은 영어 학원 다니거든. 둘 다 관심 있을 것 같아서 물어봤는데 완전 좋아하더라."

"마정하는 별로야. 걔, 들어오기로 한 거야?"

"왜? 우리 클럽 꼭 들고 싶댔는데."

"걔가 얼마나 입이 가벼운데. 학교에 이상한 소문이란 소문은 다 퍼뜨리고 다닌다고."

내 말에 선아가 난처한 표정을 지었다.

"정말? 그럼 어떡해. 걔네 둘 다 여름방학에 우리랑 쌍수도 하기로 했는데."

"뭐? 왜 너네 맘대로 결정하니?"

나는 기분이 나빴다. 플빔 클럽을 만든 건 나인데, 아무런 상의도 하지 않고 선아랑 유라 둘이서 멋대로 회원들을 결정했다는 게. 하지만 그 애들이 벌써 클럽에 들어오기로 했다니 이제 와서 안 된다고 할 수는 없다. 내가 떨떠름한 반응을 보이자 유라가 말했다.

"네가 몰라서 그렇지, 클럽 회원 구하는 게 쉽지는 않아. 아까 학교 끝나고 집에 갈 때 내가 몇몇 애들한테 얘기했거든. 분명히 관심 있을 것 같은 애들인데 관심 없다면서 다 오리발 내밀더라구. 웃겨."

난 발걸음을 뚝 멈췄다.

"홍유라, 왜 네 멋대로니? 나쁜 소문 퍼지면 책임질래? 클럽 회원도 조용조용히 모아야지, 막 퍼뜨리고 다니면 어떡해?"

"으응? 딴 뜻은 없었어. 회원을 빨리 늘려야 수술 계획도 짜고, 할인도 더 많이 받고 그럴 거 아냐. 그래서 그런 건데……."

"이렇게 중요한 걸 꼭 입으로 말해야 아니? 느낌으로 몰라? 어떤 애들하고 클럽 하면 좋을지 나하고 선아가 다 리스트도 짰다고. 걔네들 중심으로 하면 되는데 네가 왜 난리야, 상의도 안 하고?"

내가 몰아붙이자 유라는 말꼬리를 축 내려버렸다.

"정말? 몰랐어. 그럼 정하랑 미연이 뺄까?"

"어떻게 빼. 벌써 말했는데 그러면 더 이상하지. 얼른 카페에나 들어오라고 해. 너두."

나는 화가 나서 발걸음을 빨리했다. 선아가 내 속을 눈치챘는지 급히 뛰어와 물었다.

"혜규야, 화났니?"

나는 선아를 돌아보며 다다다 내뱉었다.

"너도 마찬가지야. 접때 우리 둘이 작전 짤 때, 아무한테나 말하면 안 된다고 그렇게나 강조했는데, 그렇게 막 소문내니?"

"미안해. 내가 발 밟고 옆구리 찌르면서 말 못 하게 했는데, 유라가 자꾸 떠벌리더라고. 그러니 막을 수도 없고 어떡해. 앞으론 조심할게."

"진짜 앞으로 조심해라."

매정하다 싶을 정도로 난 단단히 못을 박았다. 그런데 어느새 유라가 곁에 와서는 조잘거렸다.

"내일 중간고사 성적표 나온다던데, 어떡하냐?"

제 딴엔 어색해진 분위기를 풀어보려는 눈치 같았다.

"어떡하긴, 우리 중에 성적표 걱정하는 사람 있니?"

내가 핀잔을 놓자 유라가 깔깔거렸다.

"하긴. 나도 공부는 포기했어, 우리 엄마 아빠도."

진짜 얼굴 가짜 얼굴

학교 앞까지 거의 다 왔는데 상담 주임 선생님과 선도부원들이 막 교문을 닫고 있는 게 보였다. 지각생이 되느냐 마느냐 하는 아슬아슬한 순간이었다.

"잠깐만요!"

나는 소리부터 지르곤 닫힐락 말락 하는 교문 사이로 잽싸게 몸을 날렸다. 그러고선 언제 그랬냐는 듯 유유히 현관 쪽으로 걸어갔다.

"이 녀석, 빨리빨리 못 다녀!"

상담 주임 선생님의 잔소리가 귀에 날아와 꽂혔다. 못 들은 척 몸을 흔들흔들하며 걸어가는데 교복 치마 주머니 속에서 핸드폰이 진동했다. '노댕쌤의 비포&애프터'란 제목으로 웬 문자가 와 있었다.

'뭐지? 노댕쌤과 관련된 건가?'

모르는 번호로부터 온 문자는 그냥 삭제해버리는 성미이건만, 호기심을 참지 못하고 열어보았다.

―노댕쌤의 비포&애프터.

노댕쌤 성형수술로 페이스오프!

그는 왜 성형수술을 했을까? 그는 교사인가, 브로커인가?

문자엔 사진 두 장까지 첨부돼 있었다. 하나는 좀 코믹하게 생긴 낯선 젊은 남자의 사진, 다른 하나는 노댕쌤 사진.

'뭐야, 노댕쌤이 성형수술이라도 했다는 얘기야? 페이스오프? 브로커는 또 뭐지?'

고개를 갸웃하며 걸음을 재촉하는데 유라가 달려왔다.

"혜규야, 받았니? 노댕쌤 문자?"

역시 유라도 나하고 똑같은 문자와 사진을 받은 상태였다.

대체 무슨 일인가 싶어 우리는 현관에서 실내화를 갈아 신고 서둘러 교실로 갔다. 아이들은 삼삼오오 모여 핸드폰을 들여다보며 와글와글 떠들어대고 있었다.

"이게 뭔 소리야? 노댕쌤이 성형수술로 얼굴을 갈아엎었다는 거잖아."

"비포 사진 넘 웃기지 않냐? 어쩜 그리 못생겼어?"

"장난 사진일 거야. 요즘 합성 기술 좋잖아."

"아냐, 진실일 수도 있어. 남자들도 성형 많이 하잖아."

"브로커는 또 뭔 소리지?"

나하고 유라한테 온 것과 똑같은 문자를 다른 애들도 더러 받은 것이었다. 그래서 서로서로 딴 아이의 핸드폰에 문자와 카톡으로 부지런히 전달해대고 있었다. 우리 반뿐 아니라 3학년 다른 반에도 이미 그 사진이 퍼져가고 있는 모양이었다. 시장통처럼 교실이 시끌시끌한 가운데 린쌤이 들어왔다.

"오늘부터 열흘 동안 리샤는 결석이다. 패션쇼 때문에 파리에 갔어. 리샤 말곤 안 온 사람 없겠지?"

앞자리에 앉은 아이가 손을 번쩍 들었다.

"선생님, 김소희 안 왔는데요."

"그래? 소희가 요새 왜 그러지? 지각도 자주 하더니 결석까지."

고개를 갸웃하는 린쌤에게 누군가가 물었다.

"근데요, 선생님도 노댕쌤 사진 받으셨나요?"

린쌤은 대수롭지 않은 듯 대답했다.

"아, 그거? 몇몇 선생님들한테도 문자 왔다. 누가 그런 짓을 했는지 모르지만 장난 사진이니까 무시해. 참, 오늘 중간고사 성적표 나간다. 기대해라."

"우우~."

아이들이 한꺼번에 소리를 질러댔다.

린쌤이 나가고 얼마 지나지 않아 1교시 시작종이 울렸다. 공교롭게도 미술 시간인데, 오늘은 미술실이 아닌 교실에서 이론 수업을 하기로 되어 있었다.

노댕쌤이 출석부를 들고 들어오자 아이들이 수군거리기 시작했다. 그러고 보니 노댕쌤 얼굴이 부자연스러워 보인다는 둥, 브로커가 뭔지 궁금하다는 둥 하면서.

인주가 손을 번쩍 들고 일어난 건 그때였다.

"선생님, 사진 보셨어요? 비포 사진, 선생님 아니시죠?"

"오호, 용감하다, 함인주."

"인주 파이팅!"

떠들어대는 아이들을 제지하며 노댕쌤이 덤덤히 대답했다.

"말 그대로다. 비포는 성형수술 전, 애프터는 수술 후. 누군지 대단하다. 그걸 다 알아내고. 나한테도 보냈더라."

"네에? 그럼 선생님이 성형수술을 하셨다는 겁니까?"

인주가 묻자 덩달아 아이들도 한마디씩 했다.

"진짜예요, 쌤?"

"우와. 대박 뉴스!"

"쌤, 그 사진 누가 보냈는지 알아봐야죠. 명예훼손이잖아요."

"맞아요. 그런 거 경찰에 신고하면 발신인 누구인지 다 알 수 있다던데."

노댕쌤은 이해할 수 없는 웃음을 흘렸다.

"됐다. 번거롭게 무슨 신고. 거짓도 아닌데. 자, 수업이나 시작할까? 다들 교과서 펴."

교과서를 펴기는 했지만 내가 받은 충격은 이루 말할 수 없었다. 내가 좋아했던 노댕쌤이 성형수술을 했다니. 노댕쌤의 저 얼굴이 성형수술을 한 얼굴이라니…….

충격에 휩싸인 채 멍하니 있는데 뒤에서 선아가 쪽지를 들이밀었다.

혜규야, 이건 충격이 아니라 희망의 메시지야.
노댕쌤 비포 사진, 진짜 촌스러웠잖니.
근데 어쩜 저러 핸섬해겼을까?
역시 성형수술은 위대해.
우리도 희망을 갖자!

선아의 쪽지를 보자 머릿속이 더 복잡해졌다. 대체 노댕쌤은 왜 성형수술을 한 걸까. 간단한 수술도 아니고, 페이스오프 수준의 대수술을 해야만 한 까닭은 무엇이었을까.

아이들이 술렁술렁했지만 노댕쌤은 아무 일도 없었다는 듯 차분히 수업을 이어갔다. 교실엔 불편하고 불안한 침묵이 흘렀다.

그 침묵을 깨뜨린 건 또다시 인주였다. 말투가 다분히 도전적이었다.

"뭐라고 해명을 하셔야 하는 거 아닙니까? 이건 보통 사건이 아니잖습니까?"

노댕쌤의 눈썹이 꿈틀했다.

"뭘 해명해? 내가 죄라도 지었나? 성형수술이 불법이라도 된다는 건가?"

"그게 아니라 저희는 선생님 얼굴이 진짜인 줄 알았는데, 가짜라니까 배신감이 들어서……."

"가짜? 성형수술 한 얼굴이 가짜라고? 진정 그런가? 그럼 어떤 식으로든 의술의 도움을 받은 사람들은 다 가짜인가?"

인주가 대답을 못 하고 머뭇거리자 윤호찬이 대신 나섰다.

"함인주 말이 맞죠, 가짜 맞습니다. 선생님의 진짜 얼굴은 사라졌고 지금 얼굴은 가공한, 가짜 얼굴이잖아요. 완전 실망입니다."

나는 혼란스러웠다. 과연 노댕쌤 얼굴은 진짜인가 가짜인가, 성형수술 한 얼굴은 가짜인가 진짜인가. 어쨌거나 확실한 건 인주와 윤호찬 말대로 노댕쌤한테 배신감과 실망스러운 생각이 드는 것이었다.

'성형수술은 미친 짓'이라 여기며 거부감을 가졌을 때, 나는 성형수술 한 얼굴은 무조건 성형 괴물, 인조인간이라고 생각했다. 하지만 내가 성형수술 하겠다는 마음을 먹은 후부터는 그런 생각은 싹 사라지고 말았다. 부족한 내 외모를 업그레이드하겠다는 생각, 내 목표는 오로지 그것뿐이었으니까. 그런데 노댕쌤이 성형수술을, 그것도 예전 얼굴과는 완전히 다르게 수술한 사실을 알게 된 지금, 내 생각은 갈대처럼 흔들리고 있었다.

노댕쌤이 질끈 눈을 감았다 뜨더니 읊조리듯 말했다.

"나한테 실망했어도 할 수 없다. 어떤 수술이건 수술을 하기까지는 다 그만한 이유와 사정이 있는 것이고 나도 이유가 있었다. 그렇지만 그것까지 너희들한테 말할 의무는 없다고 생각한다. 내 프라이버시니까. 암튼 실망은 했을지언정 성형수술을 했다고 해서 내 얼굴을 가짜라고 몰아세우는 건 옳지 않다."

"그럼 브로커는요? 그 소문은 또 뭐데요?"

윤호찬 말에 노댕쌤은 이맛살을 잔뜩 찌푸렸다.

"브로커? 그건 나도 모르는 소리다. 추측만으로 남을 모함하는 건 아주 나쁜 일이다."

그때 교실 문 두드리는 소리가 나더니, 교감 선생님이 얼굴을 들이밀고 헛기침을 했다.

"노 선생님, 교장 선생님이 좀 보자고 하시네요."

"지금 수업 중인데요?"

노댕쌤이 난처한 기색을 보였지만 교감 선생님은 차갑게 대꾸했다.

"학생들 자습 시키고 잠깐 오세요. 얼른요."

할 수 없이 노댕쌤은 우리한테 자습하고 있으라는 말을 하곤 교감 선생님을 따라 나갔다.

교실은 이내 난장판이 되어버렸다. 조용히 자습하자며 반장이 소리쳤지만 먹혀들 리 없었다. 나는 목이 타서 교실 뒤에 있는 정수기로 가서 물을 마셨다. 선아와 유라도 따라 나와 함께 물을 마셨다. 그런데 조금 뒤 내 자리로 돌아가 앉자 열십자 모양으로 접은 웬 보라색 쪽지가 책상 위에 놓여 있었다.

'이게 뭐야?'

쪽지를 펼쳐보니 보라색 A4 용지에 제법 긴 글이 프린트돼 있었다. 나는 맨 위에 있는 짧은 글부터 읽어보았다.

플라스틱 빔보 클럽? 그렇게도 머리 텅 빈 미녀가 되고 싶냐?

너 한 영어 하는 모양인데, '빔보'가 무슨 뜻인지는 알고나 있니?

좀 예쁠지는 몰라도 경박하고 멍청하고 성적으로 방탕한 여자를 뜻해.

지금은 개성시대. 부탁하건대, 제발 생긴 대로 살아다오.

성형 후 후회 말고 부디 미리미리 잘 생각하기를. ^^

머리끝이 쭈뼛 곤두서며 숨이 멎는 것 같았다. 더구나 쪽지 아랫부분엔 우리 플빔 클럽의 회칙까지 프린트돼 있었다. '플라스틱 빔보 클럽의 정회원은 강혜규, 마정하, 박미연, 송선아, 홍유라 다섯 명으로 한다'라는 첫 문장 중 내 이름 석 자 밑엔 빨간 줄까지 그어져 있었고.

다리가 후들거리며 온몸에 소름이 쫙 끼쳤다. 플빔 클럽 회원은 우리 다섯 말고는 아직 없다. 회원을 늘리는 일이 생각만큼 쉽지 않았기 때문이다. 더구나 회칙은 인터넷 카페에만 게시돼 있는데 대체 누가 그걸 알아낸 걸까?

놀란 가슴을 진정시키지 못하고 있는데 뒷자리의 선아가 보라색 쪽지를 쑥 내밀었다. 내 것과 똑같아 보였다. 3분단 쪽으로 눈을 돌리자, 유라 역시 토끼 눈을 한 채 책상 위에 놓인 보라색 쪽지를 가리켰다.

'누가 이런 짓을 한 걸까? 왜 우리한테 이런 쪽지를 돌린 걸까?'

아무리 추측을 해도 답을 알아낼 수가 없었다. 1교시가 끝나가도록 노댕쌤은 돌아오지 않았고, 내 마음은 점점 더 무거워져 갔다.

조금 뒤 마침종이 울렸다. 나는 유라, 선아와 함께 보라색 종이를 들고 복도로 나갔다. 옆 반 교실 뒷문에서도 정하와 미연이 나오고 있었다. 둘 다 우리와 똑같은 보라색 쪽지를 손에 들고 있었다. 1교시 시작하기 전에 화장실에 다녀오니 책상에 놓여 있었다는 거다.

우리는 복도 구석으로 가서 각자 받은 보라색 쪽지를 비교해보았다. 컴퓨터 워드로 쳐서 프린트한 것도, 내용도, 다 똑같았다. 쪽지를 받는 아이의 이름 밑에 빨간 밑줄이 쳐져 있는 것만 달랐을 뿐.

"오늘이 성형수술의 날이라도 되냐? 노댕쌤 소식에 우리 일까지 발각되고."

선아가 고개를 절레절레 젓자, 유라도 한숨을 내쉬며 말했다.

"노댕쌤 사진 보낸 애랑 우리한테 쪽지 돌린 애가 같은 애일까?"

미연이 대답했다.

"노댕쌤 사진은 모르겠고, 쪽지 돌린 애는 함인주 아냐? 우리 클럽이랑 카페를 아는 애가 우리 말고는 인주밖에는 없다며?"

"김소희일 수도 있어. 너네가 걔한테 클럽 들어오라고 했었다며."

정하가 추측했지만 그건 있을 수 없는 일이었다.

"소희는 아냐. 오늘 결석한 애가 어떻게 쪽지를 돌리니? 인주도 아냐. 둘 다 회원이 아니라서 우리 카페에 들어올 수 없다고."

"그래. 소희는 결석했으니까 확실히 아닌데, 인주일 가능성은

높아. 컴퓨터 잘 다루니까 해킹 같은 걸 해서 카페에 들어와 봤을 수도 있다고."

유라의 말을 나는 믿고 싶지 않았다. 정말이지 인주가 그랬을 리는 없다. 소희에 대해서는 잘 몰라도 인주만큼은 내가 잘 안다. 아무리 인주가 성형수술을 반대하고 우리 클럽을 못마땅하게 여긴다 해도 이런 유치한 짓을 할 리 없다.

그렇지만 우리끼리 아무리 이야기를 해보아도 뿌연 안갯속일 뿐, 누가 왜 이런 짓을 했을지 추측해낼 수가 없었다. 한 가지 확실한 건 우리 클럽의 존재를 우리 회원이 아닌 누군가가 알고 있다는 것, 또한 그 누군가는 우리 클럽을 좋지 않게 보고 있다는 사실이었다.

"쫌 무섭다. 우리 클럽을 누군가가 알고 있다는 게."

선아가 몸을 부르르 떨자 유라가 핀잔을 주었다.

"뭐가 무서워? 불쾌하긴 해도 무서워할 건 없어. 노댕쌤 말대로 성형수술이 불법도 아니잖아."

"그래. 우리가 음주 클럽이나 흡연 클럽을 만든 것도 아니잖아. 일진도 아니고."

미연도 꽤나 의연했다.

"문제될 건 없지. 신경 쓰지 말자. 소문이 퍼지든 말든."

"그래도 찜찜해. 애들이 우리 클럽을 알고, 우리 계획을 안다는 게."

정하가 새침하게 대꾸하자 유라가 고개를 끄덕였다.

"맞아. 무슨 비밀이든 들킨다는 건 찜찜해. 근데 '빔보'에 그런 나쁜 뜻이 있었니? 성적으로 방탕, 어쩌고 하던데. 혜규 넌 몰랐어?"

"난 몰랐어. 그냥 '빔보'라는 단어가 예쁜 것 같고, '플라스틱'하고도 잘 어울려서 지은 거야. 별로면 바꿀까?"

내가 소심하게 묻자 선아가 손을 내저었다.

"아냐, 플라스틱 빔보 좋아. 우리만 방탕하지 않으면 되지 뭐가 대수니?"

"알았어. 근데 브로커는 뭐지? 노댕쌤……."

내가 말을 꺼내려는데 미연이가 말허리를 툭 잘랐다.

"신경 꺼. 우리 일로도 복잡한데."

그러는 사이 2교시 시작종이 울렸다. 점심시간에 다시 모이기로 하고 우리는 각자 흩어졌다.

소문의 늪

"여태 도서관 있다가 왔니?"

거실에 들어서자마자 엄마가 물었다. 편의점 알바를 끝내고 이제 막 집에 돌아온 참이었다. 텔레비전에선 사극 드라마가 한창이고, 외할머니는 시끄러운 텔레비전 소리에도 아랑곳 않고 엄마 곁에 누워 차렵이불을 덮은 채 주무시고 있었다.

"어, 엄마."

내가 얼버무리자 엄마가 텔레비전에 눈길을 꽂은 채 칭찬을 했다.

"우와, 우리 완소차 마음잡았나 보네. 그래, 언니처럼 잘하는 건 바라지도 않지만, 너도 할 만큼은 해야지. 성적표는 나왔니?"

아차, 싶었다. 성적표는 벌써 나왔는데 2학년 때보다 오히려 성적이 더 떨어졌기 때문이다. 탄로 날 때 나더라도 거짓말을 하는 수밖엔 없었다.

"아직 안 나왔어. 나 좀 씻을게."

"그래, 씻고 얼른 자. 피곤할 텐데."

겨우 일이 분 정도의 시간 동안 나는 엄마한테 거짓말을 두 가지나 했다. 하나는 아르바이트, 하나는 성적표. 세수를 하면서도 마음이 찜찜했다. 그래도 할 수 없다. 좋은 게 좋은 거니까. 엄마도 내가 성형수술비 때문에 편의점 알바를 하고 왔다는 걸 알면 마음이 편치 않을 거다. 성적표도 마찬가지다. 아무리 내 성적에 초연한 엄마일지라도 2학년 때보다 성적이 더 내려간 걸 알면 무척 속상할 거다.

'할 수 없어. 나중에 다 털어놓으면 되지 뭐.'

나는 이렇게 마음먹고 세수를 마친 후 방으로 들어왔다. 그런데 그새 핸드폰에 새 카톡이 들어와 있었다. 인주가 보낸 것이었다. 성형수술과 플빔 클럽 때문에 사이가 틀어진 후론 교실이나 복도에서 마주쳐도 서로를 피했는데 웬일인가 싶었다. 볼까 말까 하다가, 눈 딱 감고 카톡을 클릭해 읽었다.

— 혜규야, 긴급 뉴스가 있어. 리샤가 중환자실에 있대.
양악 수술 받다가 출혈 사고가 났는데 중태래.

나는 소스라치게 놀랐다.

— 뭐? 리샤는 자연 미인인데, 무슨 양악 수술이야.
 너 뭐 잘못 안 거 아냐?

인주는 강하게 부정했다.

— 아니라니깐. 정확한 정보야.
 울 엄마가 병원까지 가서 직접 확인 취재했대.

인주 엄마가 신문사 사회부 기자이니 잘못된 정보는 아닐 것 같
았다. 그렇지만 믿기지 않았다. 리샤는 고작해야 나하고 같은 또래
인 데다 자연 미인으로 알려져 있는데, 성형수술을 받다가 중태에
빠졌다니. 노댕쌤 소식에, 미스터리 쪽지에, 리샤 소식까지, 충격
적인 일들이 한꺼번에 벌어지고 있었다. 그렇지만 기자들도 가끔
오보를 하기도 한다고 하니, 어쩌면 인주 엄마가 뭔가 잘못 취재
했는지도 모른다. 아니면 인주가 장난을 치고 있거나.

— 함인주, 너답지 않게 웬 뻥이니? 안 믿겨.
 글구 린쌤이 리샤 파리 갔다고 했어.

— 수술 받으려구 패션쇼 간다고 거짓말한 거야.

못 믿겠음 믿지 마. 곧 기사 뜰 테니까.

하긴 인주는 비록 절교를 했다 해도 나한테 거짓말을 할 애는
아니다. 이런 심각한 일을 갖고 장난을 칠 리도 없다. 슬며시 걱정
이 되며 궁금증이 일었다.

— 진짜니? 리샤가 정말 중태야?

— 응. 많이 위독하고, 잘못하면 죽을 수도 있대.

가슴이 서늘해지면서 리샤가 너무 안됐다는 생각이 들었다. 한
편으론 인주가 왜 나한테 이러는지도 이해가 안 갔다. 이미 우린
절교까지 한 사이인데.

— 그래? 근데 리샤 얘기를 왜 나한테 하는 거니?

— 기사 보면 네가 충격 받을까 봐 먼저 얘기해주는 거야.

또 리샤는 우리 반이기도 했잖아.

혜규야, 성형수술이 이렇게 무서운 거야.

그니까 너두 제발 풀빔 클럽 그만두고 성형수술 하지 마, 응?

인주의 진심이 뭔지 알 것 같았다. 리샤가 수술하다가 중태에 빠졌으니 한때 절친이었던 나를 걱정하는 거다. 물론 나도 리샤가 걱정이 됐다. 하지만 리샤가 그런 일을 당했다고 해서 내 계획을 중단할 수는 없는 거다. 플빔 클럽 회원도 벌써 다섯 명이나 되고 쌍꺼풀 수술비 모으는 일도 잘 돼가고 있는데.

문득 한 가지 생각이 번개처럼 머리를 스쳤다.

— 내 일은 상관 마.

글구 너지? 우리 클럽 회칙 프린트한 거랑 노댕쌤 사진 돌린 거, 다.

— 회칙 프린트라니? 그게 무슨 소리?

글구 노댕쌤 사진을 내가 왜 돌려? 나도 문자 받고 놀란 사람이야.

— 그래? 아님 됐고.

추측이 빗나가 머쓱했다. 그래서 알았다고 하곤 얼른 인주와의 카톡을 끝냈다.

그랬더니 이번엔 미연이가 카톡을 보냈다. 플빔 회원 전체가 그룹 채팅을 해야겠으니 얼른 인터넷 카페로 들어오란 거였다. 그룹 카톡을 하면 편하련만 정하 핸드폰이 아날로그 폰이라 그럴 수가 없었다. 마침 리샤 소식도 알려야겠기에 나는 서둘러 컴퓨터를 켜고 플빔 카페로 들어갔다. 친구들은 벌써 채팅을 하고 있었다.

미연] 범인이 좁혀지고 있어.

보라색 쪽지 돌린 거 김소희 아니면 윤호찬임.

유라] 니가 그걸 어떻게 알아?

미연] 너네 반 영서 있잖아. 나랑 같은 수학 학원 다니는 애.

걔가 아까 학원에서 우리 클럽 회칙 프린트한 걸 보여주면서

자기도 낄 수 없냐고 하더라고.

정하] 뭐? 회칙 프린트?

미연] 응, 우리가 받은 거랑 비슷한데, 회칙만 프린트한 거야.

어디서 났냐고 따졌더니

아침에 김소희랑 윤호찬 책상 사이에 떨어져 있던 걸 주웠대.

영서 말고 딴 애들 몇몇도 주웠다더라.

그니까 범인은 김소희 아님 윤호찬이지.

선아] 책상 밑에 떨어져 있었다고 꼭 걔네 짓이라고 할 순 없잖아?

나] 소흰 오늘 학교 안 왔어. 그럼 윤호찬 짓이야?

미연] 응, 내 생각엔.

한참 얘기를 하고 있는데 정하가 다급한 메시지를 올렸다.

긴급 돌발 상황! 지금 카페에 우리 말고 누가 더 있어.

로그온 창을 봐. 손님이 9명이나 있잖아! 우리 회원은 5명뿐인데!

카페에 접속한 회원을 실시간으로 알려주는 '채팅하기' 창에는
정말 우리 말고 '손님'이 아홉 명이나 있었다. 이번엔 유라가 글을
띄웠다.

맙소사! 방문 수가 74야.
우리 회원은 다섯 명인데 방문 횟수가 왜 이리 많음?
너희들 오늘 우리 카페에 몇 번씩이나 들어왔는데?

다들 지금 처음 접속한 거라며 의아해했다. 나도 마찬가지였다.
그러자 정하가 황당한 메시지를 띄웠다.

정하] 이게 뭐야? 우리 공개 카페였네?
미연] 어머, 진짜? 미쳐!
나] 그게 뭔데?
미연] 혜규 너, 원시인이니? 공개 카페는 누구나 들어올 수 있고,
　　　비공개 카페는 카페지기가 초대한 회원만 가입할 수 있잖아.
　　　카페 대문 왼쪽 위를 봐. '공개'라고 돼 있지? 그게 공개 카페
　　　란 뜻이야.
선아] 어머, 전에도 우리 카페 방문 횟수가 좀 높아서 이상하게 생각
　　　한 적 있어.

정하] 혜규야, 너 왜 공개 카페로 설정했어?

나] 그걸 왜 나한테 물어?

미연] 공개, 비공개는 맨 처음 카페 만들 때 카페지기가 정하는 거잖아.

그니까 네가 공개 카페로 해놔서 우리 정체가 들통난 거네.

공개 카페니까 아무나 막 들어온 거고.

혜규야, 당장 비공개로 바꿔.

나는 얼른 관리 메뉴로 들어가 카페 설정을 비공개로 바꿨다. 알고 보니 내가 한 바보짓은 카페를 공개 카페로 설정한 것뿐이 아니었다. 카페에 들어오는 사람이라면 누구나 모든 게시물을 다 읽을 수 있게 해놓은 거였다. '손님' 등급부터.

비공개 카페로 바꿨으니 이젠 더 이상 다른 사람이 들어올 수 없겠지만, 나는 가슴이 덜덜 떨리고 한숨이 나왔다. 이래서 엄마 아빠가 나더러 '왕덜렁'이라고 하는 것일 게다.

정하] 그니까 결국 혜규 잘못이네.

혜규가 카페를 공개로 해놨구,

누군가 우리 클럽이 있는 걸 알구 카페에 와서 회칙까지 복사

해간 거야.

오늘 프린트 본 애들까지 들어와서 방문수가 늘어난 거고.

나] 미안하다. 할 말이 없어.

선아] 혜규한테 너무 뭐라 하지 마. 모르고 그랬잖아.

리샤 얘기를 하려던 것도 잊고, 나는 친구들이 채팅하는 걸 보기만 했다. 자존심도 상하고 미안하기도 해서였다.

그 틈에 생각해보니 범인으로 가장 의심 가는 애는 역시 김소희와 윤호찬이었다. 하지만 소희는 오늘 학교에 오지 않았으니 윤호찬일 것 같은데 걔가 어떻게 우리 클럽의 존재를 알았을지는 안갯속이었다. 더구나 아무리 공개 카페라 해도 우리 클럽의 존재를 아는 사람, 혹은 성형수술에 관심 있는 사람이 카페에 들어왔을 것 같은데, 그렇다면 윤호찬은 아닐 가능성이 높았다. 성형수술에 대해 극도의 혐오감을 갖고 있는 애니까. 또 만에 하나 윤호찬이 우리 카페에 들어왔다 쳐도 협박성 쪽지를 돌리고 풀빔 클럽 회칙을 프린트한 종이를 뿌릴 까닭도 없을 것 같았다.

알쏭달쏭한 문제를 풀 때처럼 답답해서 한숨을 내쉬는데 엄마가 들어왔다.

"혜규야, 너 좀 나와봐."

"왜요?"

거실로 따라 나가 소파에 앉으며 묻자 엄마가 말했다.

"반장 엄마한테 전화 왔는데, 너희 학교에 무슨 성형수술 클럽이라는 게 있다더라. 이름도 이상해. 플라스틱인지 뭔지 하던데. 너 혹시 아는 클럽이니?"

머릿속이 찌릿찌릿했지만 나는 모른다고 발뺌부터 했다.

"그럼 됐다. 네가 저번에 다친 다음에 얼굴에 너무 신경 쓰는 것 같아서 뭐 아는 게 있나 했다. 방에 이상한 사진이랑 그림도 잔뜩 붙여놓고 해서. 그런 클럽 있어도 행여 들어갈 생각도 말고 수술할 생각도 마라. 넌 지금 이대로도 충분히 예뻐."

엄마가 어디까지 알고 있는지, 반장 엄마와 다른 애들 엄마들은 또 우리 클럽에 대해 뭘 얼마나 아는지 궁금했다. 하지만 물어봤다가 괜히 긁어 부스럼 만드는 꼴이 될까봐 그만두었다.

알았다고 대답하곤 방으로 들어가려는데 엄마 옆에 누워 있던 외할머니가 부스스 일어났다.

"왜 이리 소란혀. 뭔 일 났냐?"

그런데 외할머니 얼굴이 좀 이상했다.

"할머니, 얼굴이 왜 이래?"

엄마가 퉁명스레 대답했다.

"보톡스 맞으셨다. 친구들이랑 보톡스계 해갖고, 참나."

나는 깜짝 놀랐다. 박 교감이라는 분과 실버 로맨스를 시작하더니 외할머니는 요새 여러모로 좀 이상해졌다. 그러더니 기어이 보톡스까지!

"혜규야, 어뗘? 할미 얼굴, 주름도 없구 한결 젊어 보이쟈?"

외할머니가 물었지만 난 어깨만 으쓱해 보였다. 외할머니는 결코 젊어 보이지 않았다. 이상하고 부자연스러워 보일 뿐이었다.

방으로 돌아왔는데 왠지 기분이 찜찜했다. 깊은 늪 속으로 빠져드는 느낌, 뭔가 좋지 않은 일들이 꼬리에 꼬리를 물고 일어나는 듯한 그런 느낌 때문에.

흔들리지 않을 거야

요란한 빗소리에 나는 번쩍 눈을 떴다. 굵은 빗방울이 사정없이 유리창을 때리고 있었다.

아침이 됐는데도 몸은 어제보다도 더 뻐근했다. 머리도 지끈지끈 아팠다. 편의점에서 밤늦게까지 알바를 한 데다 이런저런 충격 때문에 잠을 설친 탓이었다.

가까스로 침대에서 몸을 일으키는데 언니가 수건으로 얼굴을 닦으며 들어왔다.

"혜규야. 리샤, 너희 반이랬지? 걔 성형수술 받다가 사고 나서 중태래! 인터넷에 속보 뜨고 신문에도 나왔어. 자연 미인인 줄 알았는데 성형 중독이었다더라. 리샤 걔, 어떡하니?"

아, 인주가 어젯밤 했던 말이 진짜였던 거다.

"언니, 난 벌써 알고 있었어."

"어떻게?"

"어젯밤에 인주한테 들었어. 인주 엄마가 리샤를 취재했대."

"그래? 암튼 너무 안됐다. 연기도 잘하고 괜찮은 배우 같았는데. 얼른 깨어났으면."

언니가 방을 나가자마자 핸드폰으로 인터넷을 들여다보았다. '리샤 중태'란 네 글자가 실시간 검색어 1위로 올라 있었다. '리샤 위독', '리샤 성형 중독' 따위의 검색어도 3위와 7위를 차지하고 있었다.

검색어 1위인 '리샤 중태'란 글자부터 클릭해 보았다. '하이틴 스타 리샤, 양악 수술 중 과다 출혈로 중태', '리샤 성형 중독, 오늘내일이 고비' 같은 관련 기사가 줄줄이 떴다.

맨 위에 있는 기사를 열어보니 이옥선 기자, 그러니까 인주 엄마가 쓴 것이었다. 내용은 인주가 알려줬던 것 그대로였는데 새로운 사실이라면 리샤가 미국에서 이미 여러 번 성형수술을 했고, 외모에 콤플렉스가 많았던 데다 성형수술 중독에 걸렸다는 것 정도였다.

머릿속이 뒤죽박죽 혼란스러웠다. 리샤를 몇 번 보지는 못했지만 성형수술을 한 걸 나는 전혀 눈치챌 수 없었다. 아니 사실은 리

샤는 자연 미인으로 알려져 있었고 또래였기 때문에 그 애가 성형
수술을 했으리란 생각은 아예 하지 못했던 것 같다.

아침밥도 먹는 둥 마는 둥 우산을 쓴 채 학교로 향했다. 교문 안
으로 들어서자마자 신문사와 방송국 차들이 여러 대 서 있는 게
보였다.

벌집을 쑤신 듯 학교는 온통 어수선하고 복작거렸다. 복도마다
계단마다 교실마다 끼리끼리 모여 속닥거리는 아이들, 근심스런
얼굴로 바삐 오가는 선생님들…….

우리 교실로 막 들어가려는데 카메라와 마이크를 든 남녀가 다
가왔다. 그중 여자가 말했다.

"학생, KBC 기자입니다. 리샤 일과 관련해 인터뷰 좀 하고 싶은
데 잠깐 시간 좀 내줄래요?"

"아뇨, 전 할 말 없는데요."

나는 얼른 자리를 피하려 했다. 하지만 여기자가 팔을 잡았다.

"그럼 그냥 생각이나 들어볼게요. 마이크랑 카메라는 치우고."

여기자가 마이크를 아래로 내리자 카메라맨도 카메라를 내려뜨
렸다. 내가 뭐라 할 새도 없이 여기자가 다시 말했다.

"딱 삼십 초만 빌릴게요. 학생은 성형수술에 대해 어떻게 생각
하나요? 무조건 위험하다고 생각하나요?"

자리에서 빨리 헤어나고 싶어 나는 아무렇게나 대꾸했다.

"아뇨. 성형수술 사고, 별로 안 많잖아요. 리샤가 재수가 없었던 것 같아요."

"그럼 학생도 성형수술에 관심 있어요?"

"당연하죠. 성형에 관심 없는 애가 있나요?"

"수술 안 무서워요? 리샤 양도 지금 중태인데."

"뭐 별루. 리샤는 안됐지만 괜찮아지겠지요."

"그럼 혹시 구체적인 수술 계획이라도 있나요?"

"네. 이번 여름방학 때 쌍수 할 거예요. 저 그만 갈게요."

여기까지 말하고 나는 얼른 교실로 들어와 버렸다. 여기자도 나를 더는 잡지 않았다.

내 자리 쪽으로 가는데 정수미가 떠들어대는 소리가 들려왔다. 일진이라는 소문도 있고, 말도 거친 데다 제법 노는 축에 속하는 애였다.

"리샤, 웃기지 않니? 성형 중독 주제에 자연 미인이라고 뺑치고 다니고……."

"나이도 어린데 성형했다고 밝히는 게 좀 그랬겠지 뭐."

패거리 중 하나가 대답하자 정수미가 비웃듯 말했다.

"그래도 그렇지. 성형했다고 했으면 지금처럼 인기 있었겠냐? 팬들을 속인 거지."

나는 무심코 정수미를 보았다. 죽을 고비에 놓인 사람을 두고 이러쿵저러쿵 하는 게 안 좋아 보였다. 그런데 그만 눈이 딱 마주치고 말았다.

"강혜규, 너 뭔데? 왜 나 야리는데?"

정수미가 나를 꼬나보며 대뜸 시비를 걸었다. 나는 엮이고 싶지 않아 얼른 부인했다.

"아, 아냐. 아무것도."

"뭐가 아무것도 아냐. 너 나한테 불만 있지?"

"아니라니깐."

"너두 성형할 거라더니, 리샤 얘기가 남 얘기 같지 않냐? 너, 플라스틱인지 스테인리스인지 하는 클럽 짱이라며?"

정수미가 빈정대듯 뇌까리자 곁에 있던 애들이 까르르 웃어댔다. 신경줄이 팽팽하게 부풀어 오르며 짜증이 몰려왔다. 플라스틱 범보 클럽을 얘까지 알고 있다니, 이제 우리 클럽에 대한 소문은 퍼질 대로 다 퍼진 것 같았다. 그럴수록 고분고분 인정해서는 안 된다고 나는 생각했다.

"그게 무슨 소린데?"

"내숭 떨기는. 너희 클럽, 학교에 소문 쫙 퍼졌어. 나도 너희 명단 다 알아. 한번 읊어볼까? 강혜규, 송선아, 홍유라, 아 또 누구더라? 암튼 뭐 성형수술 클럽까지 만들고 그러냐, 인생 피곤하게."

"그니까. 그냥 생긴 대로 살다 죽자, 우린."

정수미와 패거리들이 시시덕거렸다.

재빨리 주위를 둘러보았지만 선아도 유라도 아직 오지 않아 나를 거들어줄 구원군은 아무도 없었다. 그러다 저만치에 앉은 인주와 눈이 딱 마주쳤다. 난 얼른 고개를 돌려버렸다. 하필 인주가 보는 앞에서 이런 꼴을 당하다니 자존심이 너무 상했다.

다행히 그때 린쌤이 교실로 들어왔다. 정수미와 패거리들은 언제 그랬냐는 듯 잽싸게 제자리로 가 앉았고, 선아와 유라도 앞서거니 뒤서거니 들어왔다.

아이들이 자리를 정돈하고 앉자 린쌤이 어두운 얼굴로 입을 열었다.

"선생님 말 잘 들어. 지금 학교에 이상한 소문들이 퍼지고 있는데 제발 입조심 좀 해다오. 확실한 건 리샤가 중태에 빠졌다는 것뿐이다. 모두 리샤가 얼른 깨어나길 바라고, 이런 때일수록 입 꾹 다물고 다니자, 알았지?"

"네!"

"그리고 기자들이 왔다 갔다 하는데 절대로 인터뷰에 응하면 안 된다. 너희야 별 뜻 없이 하는 말이라도 기자들은 앞뒤 딱 잘라 제 맘대로 편집해서 내보내거든."

나는 가슴이 철렁해서 아까 여기자한테 무슨 말을 했는지, 혹시 실수한 것은 없을지 되짚어보았다. 하지만 내가 한 말 중에 특별히 문제될 만한 내용은 없는 것 같았다. 마이크와 카메라도 아래로 내린 상태에서 얘기한 것이니 뉴스에 나갈 리도 없었다. 나는 가슴을 쓸어내리며 휴우, 하고 한숨을 내쉬었다.

어수선함 속에서도 오전 시간이 다 지나고 점심시간이 됐다. 나는 식당에 가기는 했지만 입맛이 없어 밥도 반찬도 아주 조금만 먹었다. 그런데도 마치 체한 것처럼 속이 더부룩하고 편치 않았다.

교실로 돌아와 책상에 엎드려 쉬고 있는데, 남자애들이 왁자지껄 들어오는 소리가 들렸다.

"진짜 충격이다! 그걸 어떻게 알았는데?"

"교무실 갔다가 쌤들 하는 말 들었어. 내가 들어가니깐 다들 입을 급히 다물더라. 뭔가 있긴 있는 듯."

"브로커가 뭐하는 거냐?"

"수술할 사람 병원에 연결해주고 돈 받아먹는 거 아님?"

"리샤 수술한 병원 이름도 대따 웃겨. 쁘띠보떼라나 뭐라나."

정신이 번쩍 들었다. 쁘띠보떼. 선아하고 내가 성형수술 상담을 받았던 그 병원이다.

창밖이 웅성웅성하면서 거친 함성이 들려온 것은 그때였다. 구경거리를 놓칠 수 없다는 듯 아이들이 우르르 창문 쪽으로 몰려갔다. 나도 고개를 들고 그쪽으로 귀를 바짝 기울였다. 여러 사람이 한꺼번에 외치는 소리가 제법 또렷하게 전해져 왔다.

"성형수술 브로커, 노동우 선생은 퇴진하라, 퇴진하라!"

"브로커 선생에게 우리는 아이들을 맡길 수 없다, 맡길 수 없다!"

나는 내 귀를 의심했다. 그럼 노댕쌤이 진짜 그런 일을 했단 말인가? 때마침 유라와 선아가 급히 뛰어들어오더니 숨 가쁘게 말했다.

"혜규야, 노댕쌤이 성형수술 브로커래. 인터넷에 뉴스 터져서 엄마들이 몰려왔어. 리샤가 이번에 수술한 병원에서 노댕쌤도 수술했고, 리샤한테 그 병원 연결해준 것도 노댕쌤이래!"

"근데 그 병원이 쁘띠보떼래. 아줌마들 시위대 속에 울 엄마도 있어, 어떡하니!"

나는 얼른 창가로 갔다. 몇십 명은 족히 될 아줌마들이 한 손엔 우산, 한 손엔 피켓을 든 채 본관 쪽으로 몰려오고 있었다. 하나같이 성난 표정이고 목소리도 높고 거칠기만 했다. 맨 앞에 선 아줌마가 선창을 하자 뒤에 오는 아줌마들이 따라 소리쳤다.

"노동우 선생은 퇴진하라!"

"퇴진하라, 퇴진하라!"

"브로커 선생에게 우리는 아이들을 맡길 수 없다!"

"맡길 수 없다, 맡길 수 없다!"

본관을 향해 한 발 한 발 행진해오는 아줌마들을 카메라 기자들이 연신 렌즈에 담고 있었다.

그때 천장에 달린 스피커에서 삐이익, 소리가 나더니 학생주임 선생님 목소리가 울려 퍼졌다.

"마이크 테스트, 마이크 테스트! 아아, 긴급히 알립니다. 오늘 수업은 이것으로 마치고 조기 하교를 실시하겠습니다. 학생 여러분은 지금 곧 책가방을 챙겨 질서 있게 하교하기 바랍니다."

남자 아이들이 환호성을 질렀다.

"우와! 얼른 가자!"

"아싸! 피씨방으로!"

뭐가 어떻게 돌아가는 건지 알 수 없었다. 어쨌든 하교를 하라니 교실에 더는 있을 수가 없었다. 교문을 나올 때쯤 핸드폰 전원을 켰다. 편의점 사장님이 보낸 문자가 들어와 있었다. 저녁 여섯 시부터 밤 열 시까지 임시 알바 좀 해줄 수 없겠냐는 내용이었다. 오늘 알바하기로 한 언니가 급한 일이 생겨 못 하게 됐다는 것이었다.

오늘은 그냥 쉬고만 싶었지만 나는 차마 거절할 수가 없었다. 오죽 답답했으면 사장님이 나한테 문자를 보냈을까 싶어서.

H.K.Kang

아홉 시가 넘자 편의점엔 손님이 뜸해졌다. 여덟 시 전후에는 손님이 우르르 몰려와 정신이 하나도 없었는데. 바쁠 땐 미처 몰랐는데 손님이 툭 끊기고 나니 피곤이 몰려왔다.

벽시계는 아홉 시 삼십 분을 가리키고 있었다. 삼십 분만 있으면 오늘 알바도 끝이다. 나는 의자에 엉덩이를 살짝 걸친 채 기지개를 쭉 폈다. 뻐근했던 허리와 어깨가 조금 풀리는 것 같았다.

'참, 사장님이 오늘 송금해준다 했지?'

통장에 입금된 내역을 핸드폰으로 조회해봤다. 일주일 치 알바비가 오늘 날짜로 정확하게 들어와 있었다. 이제 한 달만 더 일하면 쌍꺼풀 수술비는 다 준비된다.

모든 일이 뜻대로 되어가고 있건만, 한 가지 마음에 걸리는 게 있었다. 그건 바로 노댕쌤과 리샤의 일이었다.

'노댕쌤은 어떻게 된 거지? 설마 진짜로 브로커를 한 건 아니겠지? 쌤이 뭐가 아쉬워서 그런 일을 하겠어?'

그가 브로커든 아니든, 노댕쌤에 대한 내 마음은 이미 많이 흐릿해져 있었다. 노댕쌤이 성형수술을 한 걸 알고 난 다음부터 말이다. 당연히 자연 미남인 줄 알고 좋아했는데 그게 아니었다니, 사기를 당한 듯 실망감과 함께 거부감마저 생겼다.

한편으로는 노댕쌤에 대해 거부감을 갖는 나 자신이 이중인격자 같아 이상하기도 했다.

'노댕쌤이 성형수술을 한 걸 싫어하면서 나는 왜 성형수술을 하려는 걸까. 앞뒤가 안 맞잖아.'

노댕쌤이 얼굴에 콤플렉스가 얼마나 많았으면 그렇게 확 뜯어고쳤을까, 하는 동병상련도 느껴졌다. 참말이지 마음이 왜 이렇게 오락가락 갈팡질팡하는지 나 스스로도 헷갈릴 지경이었다.

리샤가 쁘띠보떼 성형외과에서 수술하다가 중태에 빠졌다는 것도 께름칙했다. 하고많은 성형외과 중에서 리샤는 왜 하필 쁘띠보떼에서 수술을 받았을까. 물론 리샤가 딱하다는 생각도 들었지만, 솔직히 그보다는 나하고 플빔 클럽 친구들이 더 걱정스러웠다.

'그 병원에서 수술 사고가 났으면 원장님 실력에 문제가 있다는

건가? 우리도 거기서 수술하기로 했는데, 수술하다가 사고 나면 어쩌지?'

'그럴 리는 없어. 양악 수술이야 좀 위험하다 해도 쌍수는 안 위험하잖아. 소심해지지 말자.'

별별 생각이 다 들어 멍하니 있는데 핸드폰이 부르르 떨렸다. 플빔 클럽 친구들이 그룹 카톡을 시작한 거였다. 아날로그 폰이었던 정하까지 스마트폰으로 바꿨기 때문에 이젠 모두 함께 그룹 카톡을 할 수 있었다. 마침 손님도 없기에 나도 편한 마음으로 끼어들었다.

유라 — 8시 뉴스 봤니, KBC 꺼?

선아 — 못 봤는데. 왜? 또 리샤랑 노댕쌤 얘기 나왔어?

유라 — 응, 맞긴 한데 문제는 우리 학교 여자애가 인터뷰한 내용이야. 웬 미친년이 개념 밥 말아먹은 인터뷰를 했더라고.

미친년이 인터뷰를? 심장 박동이 빨라지고 팔다리가 후들거렸다. 그렇지만 나는 마음을 가다듬고 핸드폰 키보드를 빠르게 눌렀다.

나 — 그게 뭔 말이야?

정하—아, 나도 봤어. 인터뷰한 애 진짜 누구지? 완전 비호감이더라.

리샤는 죽네 사네 하구 노댕쌤은 브로커일지 모른다는데, 걘

성형수술이 뭐가 위험하냐, 리샤가 재수 없는 경우다, 이러더

라니깐.

숨이 멎는 것 같았다. 그건 바로 내가 아침에 방송국 여기자한

테 한 얘기 아닌가. 하지만 나는 애써 고개를 저었다.

'나 말고 딴 애일 거야. 내가 여기자하고 말할 때는 마이크도 카메

라도 다 내렸잖아. 또 그냥 내 생각을 물어보는 거라고 했는데 뭐.'

두방망이질 치는 가슴을 꾹 누른 채 친구들이 올린 카톡을 쭉

읽어 내려갔다.

미연—진짜? 걔, 우리 학교 애가 확실해?

정하—그래. 기자가 리샤 학교에서 만난 여학생이라고 했어.

미연—세상에, 정말 개념 없는 애구나.

선아—얼굴도 나왔어?

유라—ㄴㄴ. 다리 부분만 나왔어. 목소리도 모자이크 처리하구.

다리는 엄청 날씬하더라.

도대체 뭐가 어떻게 된 것일까? 마음이 급한 나머지 나는 손님

이 왔다고 친구들한테 둘러대곤 계산대용 컴퓨터로 KBC 여덟 시 뉴스 홈페이지를 찾아 들어갔다. 원래 근무 중에는 계산대용 컴퓨터로 딴짓을 하면 안 되지만 지금 상황에선 어쩔 수 없었다.

'다시 보기' 프로그램으로 뉴스를 재생시키기는 했는데, 몇 분쯤에 그 뉴스가 나왔는지 알 수가 없었다. 그러다 플레이 버튼을 몇 번이나 앞으로 끌어당긴 끝에야 겨우 문제의 부분을 찾아낼 수 있었다.

떨리는 가슴을 누르며 볼륨을 키우자 남자 앵커의 멘트가 흘러나왔다.

"하이틴 톱스타 리샤 양이 성형수술 사고로 중태에 빠져 위독한 가운데, 리샤 양이 재학 중인 수도권 중학교의 한 교사가 리샤 양에게 성형수술 할 병원을 소개했고, 심지어 그 교사가 평소 성형수술 브로커로 활동해왔다는 의혹이 제기돼 경찰이 수사에 나섰습니다. 특히 문제의 교사도 해당 병원에서 성형수술을 한 것으로 밝혀져, 병원과 교사 사이에 있었을지도 모를 연결 고리에 대해 의혹이 증폭되고 있습니다."

이어 여기자가 본격적으로 뉴스를 보도했다. 내가 우리 반 교실 앞에서 만났던 바로 그 기자였다.

뉴스는 나도 이미 다 알고 있는 내용이고 별달리 새로운 것은 없었다. 노댕쌤의 퇴진을 요구하는 학부모들의 시위 장면과 함께

한 아줌마의 성난 얼굴과 목소리도 전파를 탔다. 쩔쩔매는 교장선생님의 모습도 모자이크 처리된 채 보도되었다. 뉴스에 비친 우리 학교는 그야말로 쑥대밭이 따로 없었다.

이윽고 플빔 클럽 친구들이 얘기했던 인터뷰 장면이 나왔다.

— 학생은 성형수술에 대해 어떻게 생각하나요? 무조건 위험하다고 생각하나요?

— 아뇨. 성형수술 사고, 별로 안 많잖아요. 리샤가 재수가 없었던 것 같아요.

머리끝이 쭈뼛 곤두서며 온몸에 소름이 돋았다. 뉴스 인터뷰에 답한 여학생은 바로 나였다. 비록 얼굴도 나오지 않고 교복 치마 아래 두 다리만 보였으며, 목소리도 변조된 상태였지만. 더구나 여기자는 내가 한 말을 꼬투리 삼아, 성형수술을 동경하는 요즘 청소년들의 세태를 비난하며 보도를 마무리하고 있었다.

"앞서 인터뷰한 여학생과 마찬가지로 요즘 청소년, 특히 여학생들은 성형수술을 당연하게 여기고 그 위험성을 간과하는 등 무분별한 의식을 갖고 있어 큰 문제가 되고 있습니다. 이 때문에 리샤 양의 경우와 마찬가지로 성형수술을 하는 연령대가 점점 낮아지고 있어 청소년 보호 차원에서도 대책 마련이 시급한 실정입니다."

여기자의 마지막 멘트 때문에 뉴스 속의 나—그게 나인 줄은 아무도 모르겠지만—는 더욱더 개념 없고 한심한 청소년으로 깎아내려지고 있었다. 내 인터뷰가 나오는 장면을 몇 번이나 되돌려 보았지만 그런 느낌을 결코 지울 수 없었다.

'큰일이다. 인터뷰가 문제될 수도 있겠어.'

불안하고 초조했다. 그렇지만 이미 벌어진 일, 되돌릴 방법이란 없었다.

'리샤가 재수 없는 경우인 건 맞잖아. 틀린 말은 아니잖아.'

'얼굴도 보이지 않았고 목소리도 변조했으니까 괜찮아. 내가 인터뷰했다는 걸 아무도 모를 거야.'

스스로를 달래는 것 말고 내가 할 수 있는 일이란 없었다. 그런데 갑자기 핸드폰이 부르르 진동하더니 낯선 번호로부터 문자가 왔다.

— 강혜규, 너지? 뉴스 인터뷰한 애? 정신이 있니, 없니?
이런 마당에 그런 인터뷰를 하게?

나는 너무 놀라 핸드폰을 떨어뜨리고 말았다. 다시 또 문자가 들어왔다.

―학교 홈피 들어가 봐,

너하고 노댕쌤 땜에 다운되기 직전이니까.

머릿속이 하얘지고 눈앞이 깜깜했다. 인터뷰한 게 나라는 걸, 이 아이는 어떻게 알았을까.

―노댕쌤 사진도 비포 애프터 다 떠돌아다닌다. 인터넷 쳐봐.

니 신상 털리는 것두 시간 문제다.

너두 성형수술 관심 있는 거 같던데, 지금이라도 포기해라.

온몸에서 힘이 쪽 빠졌다. 문자에 적힌 한마디 한마디가 너무 무서웠다. 그러나 이럴수록 침착해야 했다. 쓰러질 것 같았지만 나는 스스로를 진정시키며 상대방에게 문자를 보냈다.

―웬 헛소리? 심심한가 본데, 넌 누구?

―그건 알 거 없고, 뉴스나 한번 자세히 봐.

아는 사람들은 다 알 수 있어. 인터뷰한 게 너라는 걸.

심장 뛰는 게 아까보다 더 빠르게 느껴졌지만 난 다시 답 문자를 보냈다.

— 네 신상이나 밝히셔. 비겁 돋게 숨어 있지 말고.

상대방은 호락호락하지 않았다.

— 비겁 돋아? 너야말로 슬리퍼에 이니셜 돋더라. H.K. Kang.

아, H.K. Kang! 핸드폰 화면으로 영어 여섯 자를 읽는 순간, 나는 그야말로 두 손 두 발 다 들었다. 'H.K. Kang'은 내 이니셜이다. 책가방이며 슬리퍼, 필통, 보조가방 같은 내 물건에 내 것이란 표시로 적어넣는 글자. 학교 실내에서 신는 삼선 슬리퍼 오른짝 뒤쪽에도 'H.K. Kang' 여섯 자를 흰색 매직으로 표시해두었다. 그렇다면 슬리퍼에 적힌 그 이니셜까지 뉴스에 나왔다는 건가? 이 또한 직접 확인하는 것밖에는 뾰족한 수가 없었다. 나는 다시 여덟 시 뉴스를 재생시켜 내 모습이 나오는 부분을 자세히 보았고, 결국 내 이니셜이 나오는 장면을 발견해내고야 말았다. 프라이버시를 보호한답시고 카메라가 계속 치마 아래 다리 부분만 비추다보니, 오른쪽 슬리퍼 뒤쪽에 표시해둔 'H.K. Kang'이란 이니셜까지 화면에 나온 것이었다.

물론 슬리퍼에 표시된 내 이니셜은 누군가 작심을 하고 뉴스를 여러 번 재생시켜 보아야만 확인할 수 있을 정도로 아주 짧은 시간 동안 아주 작게 화면에 비춰진 상태였다. 어쨌든 내 신상이 폭로되는 것은 시간문제일 것 같았다.

'어떡하지, 이제 어떡하지?'

나는 미칠 것만 같아 편의점 안을 계속 왔다 갔다 했다. 그러다 용기를 내서 문자를 보낸 상대방 번호로 전화를 걸어보았다. 핸드폰 너머에서는 전원이 꺼져 있다는 공허한 소리만 들려올 뿐이었다.

두렵기도 하고 걱정도 돼서 학교 홈페이지에도 들어가 보았다. 학생 자유게시판은 정말 '인터뷰녀'와 노댕쌤 이야기로 도배돼 있었다. 실명으로 로그인을 해야만 글을 읽고 쓸 수 있기 때문에 욕설이나 심한 말이 들어간 글은 찾아볼 수 없었다. 그렇대도 당사자인 내가 보기엔 모두 다 나를 겨냥한 독침 같은 글들이었다. 내 이름 석 자만 적혀 있지 않았을 뿐.

: 오늘 여덟 시 뉴스에서 인터뷰한 여학생 님은 누규? 3학년 3반인 것 같은데? 자수하셈.

: 사경을 헤매는 리샤한테 재수 없는 경우라고 한 무개념 학생과 우리는 함께 공부할 수 없습니다. 그녀 때문에 우리 꽃뫼중 명예가 나락으로 떨어졌습니다. 학교에서는 인터뷰녀가 누군지 찾아내 혼내주기 바랍니다.

: 지금 우리 학교 완전 난리임돠.

노동우 쌤 신상 털려서 인터넷에 비포 애프터 사진 돌아다녀요.

선생님들, 빨리 조치 좀 해주세요!

: 나 오늘 학원에서 쪽팔려서 혼났음. 딴 학교 애들이 막 우리 학교 욕해서

요. 쌤들. 우리 꽃뫼의 제자들을 살려주삼!

: 노댕쌤이 정말 브로커 맞습니까? 맞다, 아니다, 진실을 밝혀주세요,

쌤들.

대부분은 인터뷰를 한 여학생과 노댕쌤을 비난하는 글들이었지만 그중엔 더러 둘을 편드는 글도 있었다. 인터뷰녀가 한 말이 틀린 이야기는 아니란 것, 노댕쌤이 성형수술 한 건 사실이어도 브로커라는 건 확인되지 않았으니 보호해주어야 한다는 것 등등. 그러나 그 어떤 글도 나한테는 위로가 되지 못했다. 모든 게 다 끝장난 것 같은 느낌만 들 뿐.

'내 신상이 털리는 건 시간문제야. 나한테 문자를 보낸 아이가 입만 뻥긋하면.'

후두둑 둑둑 후둑둑둑둑. 창문을 때리는 빗방울 소리는 점점 더 거세지고 있었다.

'누굴까, 누굴까.'

나는 아까 그 문자를 다시 들여다보며 곰곰 생각했다.

'울 학교 이름이랑, 우리 3학년 3반두 다 털렸으니깐…….'

'울 학교', '우리 3학년 3반'이라고 했으므로 문자를 보낸 애는

우리 반 43명 중의 하나일 것 같았지만 더는 추리해낼 수 없었다. 여자애인지 남자애인지조차도 알 수 없었다. 커다란 펜치로 조이는 듯 가슴이 콱콱 조여왔다.

바로 그때 편의점 출입문이 벌컥 열리더니, 누군가가 후다닥 뛰어 들어와 내 등짝을 탁 후려쳤다.

"아악!"

고개를 들어보니 놀랍게도 엄마와 아빠가 눈앞에 서 있었다.

"너 미쳤니? 성형수술비 땜에 엄마 몰래 알바를 해?"

또다시 후려칠 듯 엄마가 붉으락푸르락한 얼굴로 오른손을 추켜올렸다.

"여보, 참아. 말로 해야지 말로."

아빠가 손을 잡으며 말리자, 엄마가 눈물이 그렁그렁한 채 울먹거렸다.

"이게 말로 할 수 있는 일이야? 얘가 왜 이래? 우리 딸들, 요새 왜 이러는 거야, 흐윽."

때마침 사장님이 들어오더니 눈을 휘둥그레 뜬 채 물었다.

"혜규야, 무슨 일이니? 손님한테 무슨 잘못을 한 거야?"

로댕짝퉁은 누구?

　2교시가 끝나고 쉬는 시간이었다. 갑자기 운동장 쪽에서 요란한 사이렌 소리가 울려 퍼졌다. 남자애들이 창가로 몰려가더니 실시간 중계방송을 시작했다.

　"경찰차다, 경찰차!"

　"김소희 때문에 왔나봐."

　"노댕쌤 때문에도 왔겠지. 경찰이 세 명이네. 우와! 여경도 있다!"

　나는 내 옆옆 자리에 있는 소희 책상을 보았다. 누가 갖다 놨는지 하얀 국화꽃 다발이 소희 대신 자리를 지키고 있었다.

　'소희가 진짜 죽은 걸까? 자살했다는 게 정말일까?'

　코끝이 찡해지며 눈물이 났다. 나는 소희를 잘 모르고 친하지도 않았는데, 함께 이야기를 나눈 적도 저번에 플빔 클럽에 가입하라고 했을 때밖에는 없었는데도.

'소희한텐 엄청난 사연이 있었겠지. 누구에게도 말할 수 없는 사연…… 지금의 나처럼…….'

혼자서 생각에 빠져 있는데 유라가 얼굴을 쑥 들이밀었다.

"혜규야, 왜 그래? 넘 신경 쓰지 마. 너만 충격 받은 것두 아니잖아."

"알았어."

대답은 했지만 자꾸만 가슴이 답답하고 머리가 아파왔다. 사실 나는 이미 멘붕 상태였다. 내가 인터뷰했던 내용이 그대로 텔레비전 뉴스에 나갔고, 그게 인터넷에 퍼졌고, 나는 졸지에 '개념 없고 냉혹한 중딩'이 되었다. 물론 인터뷰한 여학생이 나인 줄은 문자를 보낸 애 말고는 아직 아무도 모르지만……. 그뿐 아니다. 엄마 아빠가 편의점에 들이닥치는 바람에 어젯밤에 나는 알바 자리를 잃었고, 오늘 새벽엔 소희가 자살했다.

소희 소식은 아침 자습 시간에 퍼졌는데, 스스로 목숨을 끊은 까닭은 알려지지 않았다. 확실한 건 소희가 어릴 때 엄마 아빠랑 살았던 아파트로 가서 옥상에서 떨어져 죽었다는 것뿐.

그러잖아도 아무 연락도 없이 소희가 사흘째 결석을 해, 린쌤은 어제 종례 시간에 걱정을 많이 했다. 집 전화며 소희 핸드폰이 모두 불통인 데다 부모님하고도 연락이 닿지 않는다면서. 그래도 혹시나 했건만, 린쌤은 굳은 얼굴로 조회 시간에 들어와 소희 소식을 확인해주었다.

아이들은 어디서 주워들었는지 너도나도 소희에 대한 얘기를 떠벌리기 시작했다.

"소희 엄마는 일찍 돌아가시고 아빠랑 둘이 살았단다."

"걔 아빠가 소희를 자주 때려서 아빠를 증오했대. 일기엔 늘 가출하겠다는 글투성이였고."

"소희는 아빠 닮은 자기 얼굴을 싫어했단다. 그래서 확 뜯어고치고 싶어 했다지."

"명동에서 봤는데, 글쎄 소희가 화장 떡칠하고 핫팬츠 입어서 진짜 몰라봤다지 뭐냐?"

소문은 무성하고 다채로웠지만 그 어디에도 소희가 자살한 이유가 뭔지 힌트가 될 만한 얘기는 없었다.

리샤와 노댕쌤에 관한 믿거나 말거나 소문도 함께 나돌았다. 리샤는 여전히 병원 중환자실에 있는데 점점 더 위독해지고 있다는 거였고, 노댕쌤은 브로커 역할을 했다는 물증이 나와 경찰서에 있다는 얘기였다.

소희 소식이 워낙 충격적인 탓에 KBC 뉴스에 나갔던 '인터뷰녀' 얘기는 묻히고 말았다. 학교 홈피가 그렇게 들끓었던 것과는 달리 아무도 더 이상 인터뷰녀를 화제로 삼지 않았다. 리샤와 노댕쌤, 소희한테는 정말 안됐지만 나한테는 다행스런 일이었다. 이 상한 문자를 보냈던 아이도 웬일인지 잠잠했다.

사실 나는 내 정체가 탄로날까 봐 무서워 오늘 아침 일찍 학교 앞 문구점으로 달려갔다. 그러곤 삼선 슬리퍼와 필통을 새로 사서 'H.K. Kang' 대신 '혜규' 두 글자를 매직펜으로 적어 넣었다. 물론 여태 사용했던 슬리퍼와 필통은 검은 비닐봉지에 넣어 쓰레기통에 던져버렸다. 그러고 나서야 마음을 조금 놓았는데 소희 일이 터졌던 것이다.

조금 뒤 3교시 시작종이 울렸다. 국어 시간이었지만 린쌤은 십 분이 지나도록 오지 않았다. 아이들이 웅성거리고 있는데 교무실에서 일하는 언니가 와서 선아와 나를 찾았다.

"김해린 선생님이 너네 둘 상담실로 좀 오래."

불안한 마음을 품은 채 상담실로 가자, 린쌤이 남녀 경찰관 두 명과 함께 앉아 있었다. 린쌤은 우리를 보자마자 안심부터 시켰다.

"겁먹을 거 없어. 경찰관님들이 너희한테 좀 물어볼 게 있대서 부른 거니까. 선생님도 같이 있으니까 괜찮지?"

"네, 선생님."

턱이 뾰족한 젊은 여경이 명찰을 쓱 보더니 내게 먼저 말을 걸 었다.

"몇 가지만 물어볼 테니 아는 대로 편하게 대답하면 돼. 플라스틱 빔보 클럽, 그게 정확히 뭐하는 클럽이니?"

"네? 플라스틱 빔보를 어떻게 아셨는지……."

내가 되묻자 여경이 대답했다.

"소희 일기장에 너희 클럽이랑 카페 이야기가 있었거든. 너희가 소희한테도 들어오라고 했다며. 성형수술 클럽인 거는 같은데."

소희 일기장에 우리 클럽 이야기가 적혀 있었다니 뜻밖이었다. 나하고 선아한테는 그렇게 매몰차게 굴고 갔으면서. 어쨌든 나는 사실대로 다 털어놓았다. 성형수술을 하고 싶어서 만든 건데, 정보도 서로 나누고 함께 수술하면서 수술비도 할인받기 위해 만든 클럽이라고.

"그럼 소희도 회원이었니? 그 클럽에 들어갔는지 안 들어갔는지는 안 적혀 있어서."

"아뇨. 소희는 안 들어왔어요. 자기가 왜 성형수술 클럽에 들어가느냐면서요. 자기 얼굴은 뜯어고칠 필요가 없다고 했어요. 흐윽."

침착하자고 마음먹었건만 저절로 눈물이 났다. 린쌤이 내 어깨를 토닥거렸다.

"소희 얘기 하려니 힘들지? 조금만 참자. 소희를 위해서라도."

나는 눈물을 닦고 고개를 끄덕거렸다. 여경이 이번엔 선아한테 질문을 던졌다.

"너희도 쁘띠보떼 다녔니? 소희 일기장에 그 병원에서 너희 만났다는 얘기도 있던데."

"네. 두어 번 갔어요. 무료 상담 이벤트 하는 날, 거기서 소희도 봤구요. 그렇지만 우리가 클럽에 들어오라고 했을 때, 소희는 자긴 쁘띠보떼 간 적 없다고 딱 잡아뗐어요. 근데요, 우리가 그 병원 다닌 거 잘못인가요?"

선아 말에 여경 대신 린쌤이 대답했다.

"아냐, 병원에 간 게 무슨 잘못이니. 쁘띠보떼 성형외과가 리샤랑 노 선생님하고 관계있는 거 같은데, 거기에 소희랑 너희도 간 거 같아 물어본 거지."

이번엔 남자 경찰관이 플빔 클럽 인터넷 카페를 보여달라고 했다. 카페를 보아야 소희가 플빔 클럽 회원이 아니었다는 게 확인되지 않겠느냐면서.

"혜규야, 보여드려. 괜찮아."

린쌤이 탁자 위에 있던 노트북 컴퓨터를 내 쪽으로 밀어놓으며 말했다. 우리만의 비밀스런 카페를 남한테 보여주기 싫었지만 어쩔 수 없었다. 로그인을 해서 플빔 카페로 들어간 다음 노트북을 경찰관들 앞으로 돌려놓았다. 남자 경찰관이 카페를 살피더니 나한테 물었다.

"소희가 회원이 아닌 건 맞구나. 그럼 이건 됐고, 근데 뷰밥 카페 알지? 너희도 그 카페 회원이던데, 쁘띠보떼도 거기서 소개받고 갔니?"

"아뇨. 소개 받은 건 아니고, 그냥 무료 상담 이벤트 한다길래 신청해서 간 건데요?"

"그럼 로댕짝퉁이 올린 글을 보고 갔구나?"

경찰관이 하나부터 열까지 모든 것을 알고 있는 것 같아 나는 잔뜩 주눅이 들었다. 뭐라 대답해야 할지 몰라 머뭇거리자 린쌤이 설명했다.

"뷰밥 카페에 쁘띠보떼 무료 상담 이벤트 글을 올린 이가 '로댕짝퉁'이란 사람인데, 그이가 회원들의 질문에 대답한 댓글 중에 꽃뫼중·고 학생들을 특별히 환영한다는 댓글이 있었대. 그래서 혹시 너희도 그거 보고서 쁘띠보떼에 갔나 싶어 물으시는 거야."

로댕짝퉁. 나도 그 닉네임을 똑똑히 기억하고 있다. 그가 뷰밥 카페에 올린 쁘띠보떼의 무료 상담 이벤트 글을 처음 보았을 때부터 노댕쌤과 닉네임이 너무 비슷하다고 생각했기 때문이다. 그렇지만 로댕짝퉁이 노댕쌤일 거라는 생각은 아예 처음부터 하지 않았다. 인터넷에서 비슷한 닉네임, 심지어 똑같은 닉네임을 쓰는 경우는 쌔고 쌨으니까. 더구나 학교 선생님인 노댕쌤이 뭐가 아쉬워 성형외과를 홍보하는 글을 올리겠는가. 또 나는 무료 상담 이벤트 글을 여러 번 보기는 했지만 꽃뫼중·고 학생들을 특별히 환영한다는 댓글은 본 적이 없었다.

나는 아는 대로 말했다. 선아도 마찬가지였다.

더는 물어볼 게 없는지, 여경은 우리더러 그만 가보라고 했다. 나하고 선아는 어깨가 축 처진 채로 상담실을 나왔다. 린쌤이 따라 나오며 말했다.

"둘 다 고생했다. 선생님이 너희 볼 낯이 없구나."

"선생님이 왜요?"

"그냥. 이런 일로 경찰 조사까지 받게 해서……. 내 선에서 해결하려고 했는데 경찰관들이 직접 확인해야 한 대서 어쩔 수 없었다."

린쌤이 진심으로 미안해하는 것 같아 나는 가슴이 아렸다. 린쌤은 우리 학교 선생님 중에서 내가 노댕쌤 외에 유일하게 좋아하는 선생님이었다. 학생들을 진심으로 대할 뿐 아니라 최대한 이해하려고 하는, 맑고 진실한 성품을 지닌 선생님이기 때문이다.

"아녜요……, 선생님 잘못이 아니잖아요. 조사 받은 것도 괜찮아요."

"그래, 너희야 아무 잘못이 없으니까."

우리는 린쌤에게 꾸벅 인사를 한 후 교실로 향했다. 선아가 뒤쫓아 오더니 속삭이듯 말했다.

"혜규야, 소희 죽은 이유랑 성형수술이랑 아무래도 상관있는 거 같지 않니? 걔가 일기장에 우리 클럽이랑 쁘띠보떼 적어놓은 것도 맘에 걸리고, 경찰관들도 자꾸 캐묻고 그러니까 이상하잖아."

"응, 그런 거 같아. 그치만 애들한테는 아무 말 말자."

"로댕짝퉁이 노땡쌤인가? 쌤이 정말 브로커인가? 너는 어떻게 생각하니?"

"설마, 아니겠지."

"휴, 다 찜찜하다. 리샤랑, 노땡쌤이랑, 소희 일 전부. 그렇지만 난 성형수술은 절대로 포기 안 할 거야."

나는 종알대는 선아 허리를 끌어안고 부러 씩씩하게 말했다.

"나도 그래. 참, 나 어제 편의점 잘렸다. 엄마가 쳐들어와서. 엄마가 우리 클럽도 다 알게 됐어. 그렇지만 알바 자리도 새로 구하고 몰래 쌍수도 할 거야."

"진짜? 난 네가 하도 멘붕 상태이길래 마음이 바뀌었나 했지. 리샤랑 소희는 안됐지만 걔들은 걔들이고 우린 우리다 뭐. 그치? 근데 너, 엄마 몰래 알바하고 수술 하는 거 가능하겠니?"

"방법이 있겠지, 뭐."

대답은 했어도 나는 아무것도 장담할 수 없었다. 한 치 앞을 내다볼 수 없을 만큼 새롭고 충격적인 일이 계속 벌어지고 있었기에.

충격적인 일은 그게 끝이 아니었다. 하굣길에 수많은 아이들이 나한테 문자를 보낸 것이었다. 발신인 중에는 내가 아는 번호도 있고 모르는 번호도 있었다. 그러나 설사 모르는 번호에서 온 문자일지라도 우리 학교 몇 학년 몇 반 누구라며 자신의 정체를 밝히고 있었다. 문자 내용도 하나같이 플라스틱 빔보 클럽에 가입하고 싶다는 것이었다. 문자들을 하나하나 확인하면서 내 두려움은 커져만 갔다.

'결국 내가 플빔 클럽 짱이라는 사실이 퍼질 대로 퍼진 것일까?'

'인터뷰녀로서의 내 신상도 곧 다 털리게 되는 걸까?'

리샤가 남긴 것

결국 리샤도 죽었다. 성형수술의 후유증을 이기지 못하고 끝내 떠나고 말았다. 나는 텅 빈 집을 지키면서 속보로 올라온 인터넷 뉴스를 읽었다.

[본지 단독 특종] 고비 못 넘기고 리샤 끝내 사망
— 청소년에 경종 울리는 일기와 동영상 남겨 ······.

양악 수술을 받는 도중 과다 출혈로 혼수상태에 빠졌던 하이틴 톱스타 리샤가 고비를 넘기지 못하고 14일 오후 4시 55분에 끝내 사망했다. 향년 17세.

리샤는 오랜 미국 생활에서 돌아와 15세 때 드라마 〈달콤쌉쌀 수수꽃다리

향기〉의 주인공인 오은희의 소녀 시절 역을 맡아 배우로 데뷔한 이래, 뛰어난 외모와 연기력으로 시청자들의 많은 사랑을 받았고 패션모델로도 활약해온 유망주였다. 그러나 자연 미인으로 알려졌던 것과는 달리 성형수술 중독에 우울증까지 겹쳐 고생했던 사실이 이번 사고를 통해 밝혀져 큰 충격을 주고 있다.

특히 리샤가 이번 양악 수술만 잘 마치면 청소년 성형수술을 반대하는 운동을 펼칠 생각이었다는 사실이 리샤가 남긴 일기와 동영상을 통해 알려지면서 유족과 팬들의 안타까움이 더욱 커지고 있는 상태다. 아래는 리샤가 양악 수술을 받기 바로 전날에 쓴 일기 전문이다.

— 이옥선 기자(oslee@kodaily.com)

난 아주 쪼금, 그렇다 쪼금만 더 예뻐지고 싶었다. 미국에 있을 때 에이전시에서도 그걸 권했다. 그래서 처음엔 눈꺼풀만 조금 집었다. 그렇게 시작했던 것이 이렇게 될 줄 몰랐다.

성형수술은 물귀신이다. 꼬리에 꼬리를 문다. 왜? 한 번 시작한 다음엔 도저히 멈출 수 없으니까. 쌍꺼풀 수술은 코 수술을, 코 수술은 입술 수술을, 입술 수술은 양악 수술을 끌어들인다.

나도 그랬다. 쌍꺼풀 수술을 하고 나니 코가, 코를 하고 나니 입술이 미워 보였다. 눈코입을 매만지고 나니 턱이 거슬렸다. 그래서 미국에 있을 때 마지막이라고 여기며 양악 수술을 했다.

난 그 수술을 하기 전 온 마음으로 기도했다. 이번 수술만 잘되면 더 이상 수술을 안 할 거라고. 그렇게 나 자신에게 약속했다. 그런데 수술이 잘 안 됐다. 부작용과 후유증이 생겼다. 밤에 입을 벌린 채 자야 했고, 음식도 잘 씹을 수 없었다. 그래서 이번에 다시 마지막으로 수술하기로 한 거다.

이번 수술만 잘되면 나는 맹세코 더는 얼굴에 손대지 않을 거다. 난 성형수술이 정말 무섭다.

난 한 가지 더 맹세한다. 이번 수술만 끝나면 청소년 성형수술 반대 운동, 안티 플라스틱 운동에 앞장설 것을! 내가 고통 받았기에 난 누구보다도 성형수술의 문제점을 실감나게 증언할 수 있다.

그러니 하느님, 부처님, 예수님, 저 리샤 서러은의 수술이 부디 잘 되도록 보살펴주세요!!

리샤의 일기를 읽으면서 나는 가슴이 먹먹해 혼났다. 리샤가 안티 플라스틱 운동을 펼치려고 했다는 대목을 보면서는 더더욱 그랬다. 오죽 힘들었으면 청소년 성형수술 반대 운동까지 하려고 했을까. 그러자니 별별 생각이 다 들었다.

'그토록 큰 고통을 안고 드라마에서는 어찌 그렇게 밝고 예쁘고 멋진 연기를 했을까? 학교에 왔을 땐 또 어쩜 그렇게 명랑하고 환해 보였을까.'

'리샤도 성형수술 중독에 걸려 힘들어 했다는데, 성형수술은 한 번 시작하면 계속해야 한다는데, 나도 다 그만둘까?'

'리샤는 리샤고 나는 나야. 리샤가 성형수술을 하다가 죽었다고 해서 내 계획을 수정하는 건 웃기는 일이야. 난 겨우 쌍꺼풀 수술을 할 건데, 그건 위험한 것도 아니야.'

문득 어제 하굣길에서 유라가 했던 말이 떠올랐다. 리샤 사고 소식이 터지면서 쁘띠보떼 성형외과가 엊그제부터 휴원한 상태라고 했던 말이.

'그럼 쁘띠보떼에서는 당분간 수술을 할 수 없을 텐데 어떡하지…‥. 하긴 딴 병원 알아보면 되지. 단체 할인 이벤트 하는 데는 쌔고 쌨는데 뭐.'

내 마음은 이랬다저랬다, 갈팡질팡, 계속 불편하기만 했다. 그래서 아까 그 기사를 다시 찾아서 동영상을 열어보았다. 일기는 이미 봤지만, 리샤가 남긴 동영상 내용이 뭔지 확인하고 싶었다.

플레이 버튼을 누르고 조금 기다리자 동영상이 재생되기 시작했다. 먼저 '리샤가 원하는 것'이란 제목이 뜨면서 그 아래에 'written&designed by H.C'란 자막이 나왔다. 리샤가 직접 만든 게 아니고 누군가 대신 만들어준 모양이었다.

이어 '이 동영상을 공개하는 것은 고(故) 리샤의 뜻이며 유족의 동의도 받은 상태입니다'라는 안내 글과 함께 그림 하나가 모니터

가득 펼쳐졌다. 바닷가 고즈넉한 집 뜰에서 긴 머리 소녀가 흔들 의자에 앉은 채 바다를 바라보는 그림이었다. 바다는 몹시 출렁거리고 소녀의 긴 머리채도, 뜰에 선 나뭇가지들도 한 방향으로 나부끼고 있었다.

'이거 어디서 본 그림인데, 어디서 봤지?'

나는 잠시 기억을 더듬다가 금세 생각해냈다. 미술 시간에 노댕쌤이 내 그림과 비교하며 보여줬던 리샤 그림이었다. 그때도 보통 그림이 아니라고 생각했지만 동영상으로 보니 더 색다르고 대단해 보였다.

그림 화면이 사라지자 이번엔 여러 사진들이 영화 필름처럼 연속적으로 나오기 시작했다. 일곱 살 때부터 이번 수술을 받기 직전까지의 리샤 모습을 시간 순서대로 보여주는 것들이었는데, 사진을 찍었을 때의 리샤의 나이, 장소, 얽힌 사연 같은 것도 간단히 적혀 있었다.

사진들을 보면 리샤는 어렸을 때부터도 꽤 예쁜 편이었지만 열네 살 이후부터 얼굴에 변화가 생기기 시작했다는 걸 알 수 있었다. 특히 열네 살부터 열여섯 살까지 미국 병원에서 수술했을 때마다 찍은 비포&애프터 사진에는 리샤가 성형수술의 힘으로 점점 더 아름다워졌다는 걸 확실히 짚어낼 수 있었다. 원래 얼굴과는 많이 달라졌어도 이렇게 계속 수술에 성공했으니 성형 중독에도 걸렸으리라.

그런데 이상한 게 있었다. 리샤는 나하고 같은 학년이니까 지금 나이는 열여섯 아니면 열일곱 살이어야 맞다. 또 한국에 온 건 삼 년이 넘었으니 미국에는 열세 살 정도까지 있었다고 보면 된다. 그런데 미국 병원에서 수술한 건 열네 살부터 열여섯 살까지로 돼 있었다.

'어떻게 된 거지? 연도를 잘못 적었나? 미국은 우리나라하고는 나이 계산을 좀 다르게 한다고는 하던데.'

나는 의아하면서도 계속 동영상을 보았다. 조금 전까지 보았던 게 사진 필름을 이어붙인 것이었다면, 이제부턴 리샤가 직접 얼굴을 내보이며 얘기를 하는, 그야말로 '진짜 동영상'이 나오기 시작했다. 그런데 동영상 속 리샤는 처음부터 누군가를 향해 울부짖고 있었다.

— 미칠 것 같아. 난 수술하기 싫어. 근데 안 할 수도 없어. 음식을 씹을 수가 없다고!
— 죽여버리고 싶어. 미국에서 나 양악 수술을 해준 의사. 안 하고 싶었는데, 무서워서 하기 싫었는데, 수술하면 훨씬 예뻐진다면서 하라고 했지.

그러자 웬 남자 목소리가 들렸다. 모습은 보이지 않았지만 리샤와 마주 보고 있는 것 같았다.

— 방법을 찾아보자. 분명 방법이 있을 거야.

리샤가 다시 소리쳤다.

— 글렀어. 지금 수술하면 내가 성형 미녀라는 걸 사람들이 다 알아챌 거야. 난 자연 미인으로 알려져 있는데 어떡해? 아니 그건 안 무서워. 성형 고백한 연예인들이 많으니까 팬들도 이해해주겠지. 그렇지만 수술하다가 또 잘못되면 어떡해. 후유증 생기면? 난 그게 너무 무서워.

아까 그 남자 목소리가 다시 들렸다. 어른이라기엔 조금 앳돼 보이는 목소리였다.

— 그냥 놔둘 수도 없잖아. 그렇게 왜 시작했어. 안 해도 예쁜 얼굴이었는데.

곧이어 리샤가 두 손으로 얼굴을 감싼 채 펑펑 울더니, 눈물범

벽이 된 채 다시 입을 열었다.

― 이렇게 될 줄 몰랐어. 놔뒀어야 하는데 한 번 손대다 보니 이
렇게 됐어. 아, 수술하기 전으로 돌아가고 싶어. 원래의 내 얼
굴로. 그럴 수만 있다면, 그렇게만 된다면 뭐든 할 수 있을
텐데 너무 늦었어.

또다시 남자가 대꾸했다. 여전히 얼굴은 보여주지 않은 채 목소
리로만.

― 힘내. 이번 수술만 잘되면 나하고 하기로 했잖아. 청소년 성
형수술 반대 운동. 안티 플라스틱. 우리 그거 열심히 하자!
그러면 더 좋은 길이 열릴지도 몰라.

리샤는 다 꺼져가는 목소리로 힘없이 대답했다.

― 그래, 안티 플라스틱, 우리 꼭 같이 하자.

이 말을 마지막으로 동영상은 끝나고 말았다. 리샤가 그린 소녀
그림을 엔딩 화면에 비춰주면서…….

동영상은 끝났는데도 리샤가 했던 마지막 말이 자꾸만 내 귀에 맴돌았다. 그래, 안티 플라스틱, 우리 꼭 같이 하자. 그래, 안티 플라스틱, 우리 꼭 같이 하자…….

조금 전만 해도 어둑어둑하던 창밖은 이젠 아주 깜깜해지고, 식구들은 아직 다 귀가하지 않은 상태였다. 자리에서 일어나며 컴퓨터를 끄려는데, 포털 사이트 메인 화면 맨 위에 있는 '하이틴 스타 리샤를 추모합니다'라는 글귀가 눈에 띄었다. 리샤를 추모하는 인터넷 빈소였다. 나는 도로 자리에 앉아 인터넷 빈소로 들어갔다. 빈소 대문엔 활짝 웃고 있는 리샤의 영정 사진, 흰 국화꽃 그림과 함께 눈물겨운 추모사가 게시돼 있었다.

리샤, 반짝이는 별 같던 하이틴 스타, 서리은 양.
당신은 아프게 갔지만,
우리는 당신의 말과 글과 연기를 기억합니다.
당신이 이 세상을 뜨겁게 사랑했던 것도,
어른들이 만든 '미용 성형수술'이라는 그릇된 의술 때문에
당신이 아픈 죽음을 맞은 것도 다 알고 있습니다.
그러니 부디 하늘나라에선 평안하시길.
당신은 원래 모습 그대로도 충분히 아름다웠습니다.
그리고 우리는 어린 당신을 죽음으로 이끈 성형수술을 혐오합니다.

추모사 아래엔 네티즌들이 쓴 추모 글들이 실시간으로 올라오고 있었다. 대개 리샤가 갑자기 세상을 뜬 것을 슬퍼하고, 미용을 위한 성형수술 세태를 비난하는 내용이었다. 다행히도 성형수술 중독이었던 리샤를 손가락질하는 악성 글은 거의 없었다.

나는 거실로 나와 무심코 텔레비전을 켰다. 그런데 화면에 낯익은 얼굴이 비춰지고 있었다.

"양악 수술은 1950년대 유럽에서 처음 실시된 수술입니다. 턱이 심하게 어긋나서 음식을 입에 넣고 씹는 것이 어렵거나, 말을 할 때 정확한 발음을 하기 힘든 환자들을 위한 수술이었지요. 그러니까 양악 수술은 처음부터 미용 목적이 아니라, 턱에 기능적인 문제가 있는 사람들을 위한 치료 목적의 수술로 출발했다는 것입니다."

양악 수술에 대해 설명하고 있는 사람은 김정미 박사님이었다. 내가 얼굴을 다쳤을 때 친절히 진찰해주고, 당장은 수술하지 말고 지켜보자고 조언했던 바로 그 성형외과 전문의.

소파에 앉은 채 나는 텔레비전에 눈길을 고정시켰다. 무슨 프로그램인가 했더니 '청소년 성형수술 이대로 좋은가?'란 제목의 생방송 긴급 좌담회였다. 리샤의 죽음을 계기로 급히 편성된 프로그램인 듯했고, 토론 패널로 나온 사람은 교사, 성형외과 전문의, 청소년 상담사, 국회의원 등 여러 부류였다.

프로그램을 진행하는 남자 MC가 김 박사님에게 물었다.

"네, 그러니까 양악 수술이 결코 미용을 목적으로 시작된 게 아니란 말씀이시죠?"

"그렇죠. 양악 수술뿐만 아니라 모든 성형수술은 사고나 전쟁 등으로 원래 모습이 파괴된 얼굴을 복원하거나, 선천적으로 지나치게 큰 이상이 있어 고통 받는 이들을 위해 생겨난 것입니다."

김 박사님이 대답하자 이번엔 여자 MC가 질문했다.

"그렇다면 양악 수술을 미용 목적으로 남용해서는 안 되는 이유를 설명해주실 수 있을까요?"

"네, 그것은 앞서 말했듯 양악 수술이 미용 목적으로 탄생한 것도 아닐 뿐더러 성형수술 중 가장 어렵고, 전신마취 상태에서 해야 하는 대수술이기 때문입니다. 잘못된 위치에서 자란 위턱과 아래턱을 깎아내 바른 자리로 재배열시키는 수술인데 뼈 말고도 피부와 피하조직, 근육, 치아 조합, 혈관과 신경까지를 모두 감안해서 해야 하는 아주 힘들고 어려운 수술이거든요. 그래서 위험부담도 매우 커서 성형외과뿐 아니라 구강악안면외과, 치과 등과의 협진 시스템이 잘 갖춰진 병원에서 하는 것이 그나마 안전하겠지요."

여기까지 말하고서 김 박사님은 PPT 파일을 프로젝터에 비추며 보다 구체적인 설명을 하기 시작했다. 나는 멍하니 앉아 김 박사님이 하는 얘기를 들었다. 보기만 해도 혐오스런 사진이며 일러스트와 함께 얼굴 동맥, 얼굴 정맥, 상악 동맥 따위의 어려운 낱말들이 귀에 들어왔다.

"……게다가 양악 수술은 심하면 수술 도중 과다 출혈로 리샤처럼 사망할 수도 있고, 신경이 손상돼 씹기, 말하기, 미각, 온도 감지 등을 못 하게 될 수도 있습니다. 이런 걸 안면감각장애라고 하죠. 이렇게 위험한 수술을 단지 미용 목적으로 한다는 것은 있을 수 없는 일입니다."

김 박사님이 설명을 하는 도중에 다시 MC가 물었다.

"네, 그렇지만 꼭 양악 수술을 해야만 하는 경우도 있기는 하겠죠? 박사님은 어떤 환자들에게 양악 수술을 권하십니까?"

"주걱턱, 함몰턱, 무턱처럼 턱뼈가 잘못돼 턱 기능에 장애가 있는 경우엔 양악 수술을 해야 합니다. 또 부정교합 때문에 음식을 잘 씹지 못하는 사람들, 얼굴이 심하게 비대칭인 사람도 양악 수술 대상이고요. 이밖에 아주 심한 콤플렉스를 느낄 정도로 턱이 변형돼 있고 양악 수술을 통해 충분히 그 문제를 개선할 수 있을 경우에는 수술을 해도 됩니다. 그렇지만 오로지 미용 목적으로 양악 수술을 하는 건 도덕적으로나 의학적으로 용납될 수 없는 아주 위험한 일이라는 걸 강조하고 싶습니다."

김 박사님이 이야기를 마치자, 양악 수술을 한 것으로 널리 알려진 남자 개그맨이 차례를 이어받았다. 개그맨은 자신의 사례를 매우 심각한 얼굴로 소개했다.

"김 박사님 말씀이 맞습니다. 오로지 아름다워지기 위해 양악수술을 한다는 건 한마디로 말해 어리석은 짓입니다. 양악 수술을 하겠다는 사람이 있으면 쫓아가서 말리고 싶을 정도로, 저는 수술 그 자체가 너무 고통스러웠습니다. 아무리 얼굴이 멋있어진다고 할지라도 다시 태어나면 절대로 하고 싶지 않을 정도입니다."

곧이어 한 여자가 양악 수술의 후유증을 증언하는 모습이 모자이크 처리된 상태로 방송을 탔다. 여자는 양악 수술 후 입술 감각이 없어지고 코골이 증세가 나타났으며, 가끔씩 숨을 쉬기가 힘들면서 뒷골이 당기기까지 한다고 호소했다. 그 결과 우울증이 생기고 사회생활조차 할 수 없게 된 것은 물론, 이혼까지 당했다는 것이었다.

여자의 증언이 끝나자마자 이번엔 남자 국회의원이 목소리를 높였다. 양악 수술, 나아가 성형수술 전체에 문제가 많으니 이번 기회에 '리샤법', 즉 청소년 성형수술을 규제하는 법을 만들자는 것이었다. 나는 한심하다는 생각만 들었다.

'소 잃고 외양간 고치는 격이네. 어른들은 늘 저런 식이지. 자기들이 문제를 만들고, 키우고, 그런 다음에 누가 죽거나 하면 법이나 만들겠다고 하고……'

그래도 김정미 박사님이 하는 얘기만큼은 믿음이 갔다. 내가 부상을 당해 안면비대칭이 될지도 모른다는 두려움에 떨고 있을 때 나를 안심시켜주었던 바로 그 의사 선생님이니까.

번개가 번쩍 치더니 우르릉 쾅쾅 천둥소리가 들려왔다. 곧이어 반쯤 열린 베란다 창문으로 굵은 빗줄기가 들이치기 시작했다. 나는 베란다로 가서 창문을 닫고 방으로 돌아왔다. 그러곤 컴퓨터 앞에 앉아 플라스틱 빔보 카페의 '우리들의 플라스틱 스토리' 게시판에 글을 써내려가기 시작했다.

미안하다, 플라스틱 빔보 친구들아.

나는 그만할래. 성형수술 안 할래.

수술로 내 얼굴 업그레이드되는 거, 꿈꾸지 않을래.

내가 뭘 잘못 생각했던 거 같아.

나, 그냥 생긴 대로 살래.

너희는 비웃겠지만 이만하면 내 얼굴 괜찮은 것도 같아.

내가 원래 근자감이 넘치잖아.

나를 맘껏 미워해. 비겁하다고 욕해도 돼.

난 플빔 클럽에서 빠질게. 정말 미안해.

마음 같아서는 카페도 당장 탈퇴하고 싶었지만 카페지기라서 그럴 수가 없었다. 컴퓨터 전원과 함께 핸드폰 전원까지 꺼버린 후 나는 침대 이불 속 깊숙이 몸을 집어넣었다.

하얀 국화꽃

　교실로 들어서자 하얀 국화꽃이 놓인 책상 두 개가 나란히 눈에 들어왔다. 소희와 리샤가 쓰던 책상들이었다. 하필 둘은 짝꿍이었다. 리샤가 결석을 자주 해서 소희 혼자 앉아 있는 때가 훨씬 더 많았지만.

　내 자리로 가서 책가방을 내려놓는데 김우진이 낄낄거리며 들어왔다. 온갖 일에 쓸데없는 참견을 하는 것은 물론 교내에 떠도는 소문을 누구보다도 빨리 물어오는 아이였다.

　"대박! 김소희, 원조교제 했다더라."

　김우진의 말에 옆에 있던 다른 남자애가 되물었다.

　"진짜? 그 얼굴로?"

"걔 얼굴은 별로여도 몸매는 죽이잖아. 체육 할 때 보면 가슴 출렁출렁하더라. 중년 아저씨들 뿅 갈 수도 있지."

"그럼 원조교제 때문에 죽은 거야?"

"그렇다고 할 수 있겠지. 돈이 웬수라서 원조교제는 했는데 그게 어디 할 짓이었겠냐? 그니깐 괴로워서 지구를 떠나버린 거지."

김우진은 제멋대로 떠들어댔다. 나는 더는 듣고 싶지 않아 두 손으로 귀를 막았다. 녀석이 나한테 오더니 시비를 걸었다.

"야, 귀는 왜 틀어막냐? 꼽냐?"

대꾸하기 싫어 가만히 있자 김우진이 내 손을 억지로 귀에서 떼어놓았다.

"왜 이래!"

"듣기 싫어도 들으라구. 너도 상관있잖아."

"내가 소희하고 무슨 상관인데! 아무 상관없어."

"왜 상관이 없어? 너도 성형수술에 목숨 걸었잖냐? 소희가 원조교제 한 것도 성형수술 때문이거든. 성형수술비 마련하려고 원조교제 했다더라. 그러다 아빠한테 들통나서 유서 써놓고 간 거래. 이런데도 상관없냐? 있지."

저만치에 있던 인주가 오더니 김우진한테 소리쳤다.

"적당히 좀 해라! 리샤랑 소희 때문에 다들 충격인데 너까지 왜 설치고 그래? 그리고 솔직히 혜규가 소희 일이랑 무슨 상관이야!"

김우진이 인주를 아래위로 훑어보며 깐족거렸다.

"오호. 모범생 함인주님! 웬일로 혜규 편을 드냐? 너희 둘 절교했다던데 아니었어?"

이제 말싸움은 강혜규 대 김우진이 아니라, 함인주 대 김우진으로 넘어갔다. 바로 그때 선아하고 유라가 들어오더니 다짜고짜 나를 복도로 끌고 나갔다. 잔뜩 성난 얼굴로 유라가 먼저 입을 뗐다.

"미쳤니? 너 카페에 올린 글 뭐니? 비겁하게 그런 글 올려놓고 핸드폰을 꺼놔? 우리가 얼마나 열 받았는지 알아? 어젯밤에 너네 집 쳐들어가려다 참았다고!"

내가 어젯밤 플라스틱 빔보 클럽 카페에 올린, 플빔 클럽을 탈퇴하겠다고 쓴 글 때문에 화가 난 것 같았다. 유라는 계속 씩씩거렸지만 그래도 선아는 내 눈치를 보며 꽤 조심조심 말했다.

"그래, 클럽 만든 게 넌데, 그렇게 무책임하게 그만두면 어떡하니. 마음 좀 돌려라, 응? 너 없음 우린 앙꼬 없는 찐빵이라고."

"미안해. 더 할 말 없어. 난 빠질 테니 그냥 냅둬 줘."

"너만 충격 받은 거 아냐. 우리도 진짜 충격 커. 그치만 리샤는 운이 나빴던 거라고 생각하자. 안전하게 잘 끝나는 수술도 많잖아. 그리고 소희 원조교제 얘기는 우리도 들었는데, 그것도 개만의 사정이잖니."

선아가 차근차근 말하자 유라도 목소리를 조금 누그러뜨렸다.

"그래, 네가 충격받은 거 다 이해해. 나도 그랬으니까. 그렇지만 우리 좀 침착하게 생각해보자."

"미안해. 난 성형수술 안 할 거야. 내가 잠깐 어떻게 됐었나 봐. 너희도 알지? 원래 나, 성형수술 혐오했던 거, 그냥 예전의 나로 돌아갈래. 클럽은 내가 만들었어도 너희끼리 하면 되잖아."

나는 딱 잘라 말했다. 지금 얼버무리면 오히려 나중에 더 힘들어질 것 같아서. 그러자 유라가 다시 핏대를 올렸다.

"야! 플빔 클럽은 포에버라며? 함부로 들어오지도 못하고 함부로 나갈 수도 없다며? 그래놓고 왜 한 입으로 두말 하니, 너?"

난 미안하기도 하고 할 말도 없어 잠자코 있었다. 선아가 내 어깨에 손을 얹었다.

"혜규야, 이제 와서 그만두면 더 우스워져. 우리 클럽 들어오겠다는 애들도 많다면서 네가 그만두면 어떡하냐. 그러지 말고 계속하자, 응?"

"아냐, 내 생각은 어젯밤이랑 똑같아. 나 좀 그만 놔줘……."

내가 말을 마치기도 전에 유라 입에서 욕이 튀어나왔다.

"씨바 존나 열받네! 야, 이럴 걸 클럽은 왜 만들자고 했냐? 그런 소가지로 뭘 성형수술을 해? 좋아. 너 하지 마. 너 없으면 우리가 못할 줄 알고?"

유라는 나를 노려본 후 교실로 휙 들어가버렸다. 선아는 풀 죽은 얼굴로 툭툭 발만 찼다.

조금 뒤 1교시 시작종이 울리자 린쌤이 들어왔다. 얼굴은 반쪽이고 눈두덩은 퉁퉁 부은 모습이었다. 린쌤이 교탁 앞에 서더니 비감한 투로 말했다.

"미안하다. 선생님이 리샤도 소희도, 지켜주지 못해서."

여자애들이 하나둘 울기 시작했다. 남자애들까지 훌쩍거리며 손등으로 눈물을 훔쳤다. 교실은 곧 눈물바다 울음바다가 되고 말았다. 입을 꾹 다물고 있던 린쌤이 가라앉은 목소리로 말했다.

"함께 슬퍼해주니 고맙구나. 이따 수업 다 끝나고 다 함께 조문 가자꾸나. 리샤와 소희가 이생에서도 짝꿍이더니 빈소도 같은 병원에 있더구나. 그것도 인연인지……."

아이들 모두 빈소에 가겠다고 했다. 그런데 인주가 손을 번쩍 들더니 질문을 던졌다.

"선생님. 근데 노댕쌤은 어떻게 되셨습니까? 오늘 미술 시간 들었는데."

"아, 안 그래도 말해주려 했는데, 노 선생님은 브로커가 아니신 걸로 확실히 밝혀졌다. 그저 리샤를 수술한 병원에서 수술 받으셨을 뿐이고, 리샤나 다른 환자를 그 병원에 소개한 것도 아니셔. 뷰밥 카페에 로댕짝퉁이란 사람도 있고 다른 제보도 있어 의심을 받았는데 그 사람하고도 아무 상관없고. 그러니 너희도 오해를 풀렴."

린쌤의 설명에 누군가 또다시 물었다.

"그럼 노댕쌤, 내일부터 학교 오시죠?"

"사표 내셨어. 노 선생님이 일러스트레이터신 건 알지? 앞으론 그쪽 일만 하실 모양이더라. 자, 그 얘긴 그만하고 오늘 수업 시작하자."

할 수 없이 다들 교과서를 펴며 수업 준비를 하는데, 김우진이 소리쳤다.

"선생님, 윤호찬 오늘도 안 왔어요! 선생님한테 연락 왔어요?"

"오늘은 온다고 했는데 웬일이지? 이 녀석 요즘 왜 이러는 거야."

린쌤이 걱정스런 얼굴로 윤호찬 자리를 보았다. 텅 빈 자리가 유난히 허전해 보였다. 남자애들이 수군거렸다.

"리샤 좋아하더니 충격이 큰가 보네. 엄친아가 며칠씩이나 결석을 하고."

"여자한테 눈멀면 뭔 짓을 못 해."

"짜식, 안 그렇게 생겼는데 의외로 순정파네."

진실은 언제나 놀랍다

리샤와 소희의 빈소가 있는 병원은 학교에서 두 정거장 거리였다. 수업이 끝나자마자 우리 반 아이들은 린쌤과 함께 병원 장례식장으로 향했다.

병원에 도착해 리샤의 빈소로 들어서려던 참이었다. 누군가가 소리쳤다.

"어, 쟤 윤호찬이잖아?"

빈소 한구석엔 정말 윤호찬이 정신이 나간 듯 멍하니 앉아 있었다. 아이들이 속닥거렸다.

"쟤가 왜 여기 있지? 이상하네."

"왜는 왜겠어. 리샤를 못 보내겠으니까 저러는 거지."

"저러다 쟤까지 어떻게 되겠다. 휴우."

윤호찬은 계속 고개를 떨어뜨리고 있다가 우리가 빈소로 들어서는 걸 보곤 황급히 나가버렸다. 얼굴이 무척 어두워 보였다.

우리는 모두 분향대 앞에 줄지어 섰다. 흰 국화꽃으로 둘러싸인 영정 사진 속의 리샤는 더할 나위 없이 청순하고 예쁜 얼굴로 환히 웃고 있었다. 린쌤이 분향대 위에 흰 국화꽃 한 송이를 올려놓은 후 말했다.

"자, 모두 리샤한테 인사하자. 좋은 곳에 가서 편히 쉬라고. 더는 아파하지 말라고."

모두 고개를 숙이고 묵념을 하는데 누군가가 숨죽여 흐느끼기 시작했다. 그게 신호라도 되는 양 아이들은 너도나도 훌쩍거리며 눈물을 훔쳤다.

추모 묵념이 끝나자 린쌤이 리샤 엄마에게 다가가 손을 잡았다.

"어머님, 어떻게 이런 일이."

"선생님. 우리 리샤가 너무 딱해요."

린쌤과 리샤 엄마는 서로 부둥켜안고 한참을 흐느꼈다.

리샤를 조문한 후엔 다 같이 소희의 빈소로 옮겨갔다. 소희의 빈소는 리샤의 빈소에 비해 훨씬 작고 썰렁하기만 했다. 조문객을 맞는 사람도 소희 아빠 한 사람일뿐더러 분향대도 초라하기 짝이 없었다. 영정사진마저 볼품이 없고 흰 국화꽃도 겨우 몇 송이밖에는 놓여 있지 않았다. 그래서인지 똑같은 죽음이건만 소희의 죽음이 몇 배는 더 쓸쓸하게 느껴졌다.

소희 조문까지 다 마치고서 우리는 병원 정문 앞에서 끼리끼리 흩어졌다. 인주는 다른 애들이랑 먼저 갔고, 유라 역시 인사도 없이 가버렸다. 그래도 선아는 옆에서 나를 따라오며 계속 뭔가 말을 걸 듯 말 듯한 눈치였다.

초여름인데도 벌써 한여름인 듯 날씨가 후덥지근했다. 나는 땅바닥만 내려다보며 걸었다. 머릿속이 너무 복잡한 듯도 하고 그 반대로 하얗게 빈 것 같기도 했다.

병원 정문 앞에서 이십 미터쯤 왔을 때 교복 치마 주머니가 부르르 떨렸다. 핸드폰을 보니 발신인이 윤호찬으로 돼 있는 문자가 와 있었다.

— 나 윤호찬인데. 잠깐 볼 수 있니?

잘못 보낸 문자 같아서 나는 답장하지 않았다. 몇 걸음 걸으려니 다시 핸드폰이 진동했다.

— 강혜규. 잠깐 볼 수 있냐고. 할 얘기가 있어. 답장해라.

잘못 온 문자가 아니었다. 나는 얼른 답장했다.

— 나하고? 무슨 얘기?

— 오면 말해줄게. 병원 응급실 앞 의자에 있을게.

 잠깐만 와봐.

윤호찬을 만나러 가야 하나, 말아야 하나 나는 잠깐 망설였다. 그런데 아까 리샤 빈소에서 마주쳤을 때의 녀석의 모습이 떠오르며 심상찮은 예감이 들었다.

선아한테 먼저 가라고 하고 나는 병원 응급실 쪽으로 뛰어갔다. 장미가 흐드러지게 핀 꽃밭 옆 나무 의자에 윤호찬이 동그마니 앉아 있었다. 옆에 가서 의자에 엉덩이를 걸치자 윤호찬이 물었다.

"너, 그 클럽. 어떡할 거니? 플라스틱 빔보. 계속할 거야?"

더럭 짜증이 났다. 이미 플빔 클럽을 그만두기로 한 상태라 그 클럽에 대해 얘기하는 것조차 싫었기 때문이다. 더구나 내가 클럽장이라는 소문이 쫙 퍼졌기에 윤호찬이 플빔 클럽을 아는 것은 이상하지 않았어도, 어떡할 거냐고 묻는 건 이해가 안 갔다.

"그걸 왜 묻는데? 설마 너도 플빔 클럽 들어오려고?"

내 물음에 윤호찬이 픽 웃었다.

"내가 거길 왜 들어가? 아무튼 대답해봐. 소희랑 리샤 일도 다 성형수술 때문에 일어난 건데, 너 그 클럽 계속할 거니?"

"그만둘 거야. 딴 애들한테도 말했어. 나는 클럽에서 빠진다고."

"정말? 그럼 성형수술은?"

"너 정말 왜 이러니? 내가 성형수술 하든 말든 네가 무슨 상관 인데?"

나는 톡 쏘아붙이며 자리에서 일어났다. 빨리 집에 가서 잠이나 실컷 자고 싶은데, 녀석이 자꾸 귀찮게 구니 신경질이 났다. 하지만 윤호찬은 끈질겼다. 내 팔을 잡으며 놓아주지 않았다.

"말해봐. 성형수술에 대한 생각."

"어휴, 진짜 귀찮게 구네. 안 해. 안 할 거야, 성형수술 같은 거. 아무튼."

"진짜니? 잘했다. 그럼 내가 하는 얘기 좀 들어볼래?"

"아, 나 너무 피곤해. 뭔 말인지 모르지만 나중에 들을게."

"잠깐이면 돼. 오래 안 걸려."

윤호찬의 표정이 너무 간절해 보여 나는 하는 수 없이 도로 의자에 앉았다. 대체 나한테 무슨 얘기를 할지 궁금하기도 했다.

녀석이 털어놓은 사연은 기가 막히고 엄청난 것이었다. 가장 놀랄 만한 사실은 리샤가 윤호찬의 사촌 누나였고 둘이 세 살 차이였다는 것이다. 리샤가 우리말은 잘했지만 외국 생활을 오래 해서 적응을 못할까 봐, 그리고 이왕이면 나이 어린 뉴 페이스로 연예

계에 데뷔시키기 위해 에이전시에서 일부러 나이를 낮췄다는 것이다. 물론 린쌤만큼은 리샤의 원래 나이를 정확히 알고 있었단다. 그러니까 윤호찬이 리샤를 이성으로서 좋아했다는 것은 완전히 잘못된 소문이었던 셈이다.

더 놀라운 건 리샤를 수술한 쁘띠보떼 성형외과 원장이 윤호찬 아빠였고, '로댕짝퉁'은 쁘띠보떼 성형외과 사무장이자 윤호찬의 외삼촌이란 사실이었다. 그런데 윤호찬의 법적인 엄마가 새엄마이고, 로댕짝퉁은 새엄마의 동생이기 때문에 외삼촌이라곤 해도 피 한 방울 안 섞인 사이라는 거였다. 상상조차 못했던, 정말 믿기 어려운 이야기였다.

"무슨 말을 하는 거야? 장난하니?"

"내가 왜 너한테 장난을 치겠어. 믿어. 다 사실이니까."

윤호찬이 단호히 대답했다. 문득 머릿속에 한 가지 장면이 퍼뜩 스쳐 지나갔다. 선아와 쁘띠보떼 성형외과에 가서 무료 상담을 받은 후 빵집에 갔을 때, 윤호찬이 그 빵집 통유리창 옆으로 걸어가던 장면. 그래서 선아랑 내가 '쟤가 왜 여기 있지?' 하며 의아해했던 일. 그러니까 그때 윤호찬은 자기 아빠가 원장인 쁘띠보떼 성형외과에 들렀던 모양이다.

윤호찬이 다시 말을 이었다.

"지금은 아빠를 너무너무 미워하지만 난 원래는 무척 존경했어.

아빠처럼 훌륭한 성형외과 전문의가 되고 싶었지. 지금은 돈독이 올라 누구든 원하기만 하면 미용 성형수술 해주는 사람이 돼버렸지만, 우리 아빠, 원래는 정말 괜찮은 의사였거든."

"어떤 분이셨길래?"

"얼굴에 진짜 문제 있는 사람들을 정상적으로 만들어주는 의사였다고. 선천적인 언청이나 안면비대칭 환자, 사고로 문제가 된 사람들처럼……. 아프리카나 동남아시아 같은 데에 가서 자원봉사 수술도 하고, 탈북 청소년 수술도 해주고, 자기 직업에 자부심도 굉장한 분이셨어."

"그런데?"

"그런데 문제가 생겼지. 내가 중학교 1학년 때 우리 엄마가 갑자기……."

표정이 급히 어두워지더니 녀석의 말소리가 떨렸다. 1학년 때 엄마가 갑자기 암에 걸려 돌아가셨다는 거다. 암인 걸 처음 알았을 때는 이미 말기였고, 항암 치료를 해야 했기 때문에 계속 병원에 있어야 했단다.

"근데 그렇게 엄마가 힘들어 할 때, 아빠가 바람이 난 거야. 병원에 온 환자랑. 말이 되니?"

"정말?"

"응. 개교기념일인가 해서 내가 학교에 안 간 날이었는데, 아빠가 핸드폰을 놓고 갔다며 병원으로 좀 갖다달라는 거야. 그래서 핸드폰을 갖고 아빠한테 가는데 문자가 오지 뭐니. '닥터 윤 사랑해요'라는 문자였는데 사진까지 첨부돼 있었지. 난 내 눈을 의심했어. 아빠가 어떤 여자랑 다정히 손을 잡고 있는 사진이었거든."

가슴이 답답한 듯 윤호찬은 먼 하늘을 보았다.

"쇠망치로 머리를 한 대 맞은 것 같았어. 생각해봐. 너희 엄마가 아파서 죽네 사네 하는데 아빠가 바람이 났다면, 그리고 그걸 네가 알게 됐다면 넌 어떻게 했겠니?"

나라면 절대로 용서 못 했을 거다. 아빠도, 그 여자도. 바람이란 것 자체가 원래 말도 안 되는 얘긴데, 하물며 죽을 고비에 놓여 있는 배우자를 놔두고 어떻게 바람을 피운단 말인가.

"난, 어떻게 했냐면, 아무 짓도 안 하고, 아무 말도 안 했어. 아빠가 아빠 같지 않았거든. 아빠로 인정하고 싶지 않았거든. 그렇지만 그 사진을 내 핸드폰에 전송해놓기는 했지, 만약을 위해서 말이야. 엄마한테도 아무 말 안 했어. 아픈 엄마한테 어떻게 말해. 자존심과 명예를 지켜드려야지. 나, 우리 엄마, 진짜 좋아했거든."

소설을 읽는 듯, 영화를 보는 듯, 나는 윤호찬 이야기에 빠져들고 말았다.

"그러고서 얼마 안 돼 엄마가 돌아가셨지. 엄마가 돌아가신 그날 우리 아빤 그 여자, 아니 지금의 새엄마하고 여행가 있었고. 의학 세미나인지 뭔지 간다고 했지만 난 다 알고 있었어. 그리고 울 아빠 엄마 돌아가신 지 석 달 만에 재혼했어."

"그럼 그 새엄마가 교수시니?"

"응."

윤호찬이 전학을 온 것도 아빠의 재혼 때문이었단다. 예전 동네에서 워낙 오랫동안 살았던 탓에 엄마의 발병과 죽음, 아빠의 재혼 사실이 동네며 학교에 소문이 쫙 퍼져서 거기서 더는 살기 힘들었다는 거다.

세상에 이런 일도 다 있나 싶었다. 드라마 또는 영화에서나 만날 법한 스토리가 아닌가. 그러니까 애들이 윤호찬을 엄친아라면서 부러워했을 때, 아빠는 의사이고 엄마는 교수라서 집안까지 빵빵하다고 했을 때, 녀석은 이렇게 아픈 스토리를 가슴속에 품고 있었던 거다. 더구나 새엄마는 윤호찬 아빠의 환자였단다. 가벼운 교통사고로 콧등이 조금 주저앉았는데 그것 때문에 진료와 수술을 받다가 둘이 가까워졌다는 거다.

"새엄마를 맞고부터 아빠가 완전히 변하더라. 난 아빠가 왜 대학 병원을 그만두고 개인 병원을 개업했는지도 몰랐는데 나중에야 알았어. 새엄마 친정에 빚이 많았대. 그걸 갚아주려고 아빠가 병원을 차렸다는 거야. 그게 바로 쁘띠보떼야."

그 후 윤호찬 새엄마의 남동생, 그러니까 로댕짝퉁이 그 병원

사무장이 되었고, 로댕짝퉁은 뷰밥 카페까지 만들어서 각 병원의 할인 이벤트 경쟁까지 부추겼다는 거다.

후끈한 바람과 함께 구급차 한 대가 요란하게 사이렌을 울리며 들어왔다. 구급 대원들이 동작 빠르게 차에서 내리더니 산소마스크를 쓴 환자를 이동식 침대에 실어 응급실 쪽으로 옮겨갔다. 가족인 듯한 두어 사람이 이동식 침대를 뒤쫓아 뛰어가며 울음을 터뜨렸다.

구급차 때문에 잠시 말을 멈췄던 윤호찬이 물끄러미 나를 보았다. 그제야 난 궁금해졌다.

"그런데 너희 가족 얘기를 내가 왜 들어야 하는 거니? 이상하다."

"그래, 당연히 이상하다는 생각이 들 거야. 근데 쪽지랑 플빔 클럽 회칙 프린트한 거 뿌리고, 텔레비전 뉴스 나갔을 때 네 이니셜 들먹이면서 압박 문자 보냈던 게 나라면 이해가 가니?"

"뭐? 너였어? 네가 왜 그런 짓을?"

"음, 너한테 관심 있었거든. 사실 그전에 아빠가 바람피운 걸 알았을 때는 세상 모든 여자가 다 싫어서 여자애들한테 말도 거칠게 하고 그랬어. 송선아한테도 그랬잖아. 그런데 너한테는 다른 마음이 들더라고. 넌 예쁘지도 않은데 굉장히 자존감이 강한 것 같더라. 예뻐지려고만 하는 딴 여자애들하곤 달리 말이야. 그렇다고 들이댈 생각은 없었으니 걱정 마."

너무 놀라운 얘기였다. 윤호찬이 나한테 관심이 있었다니. 그런데 어느 날 유라와 정하가 하는 얘기를 엿듣고 윤호찬이 플라스틱 빔보 클럽의 정보를 알게 되었단다. 그래서 혹시나 하는 마음에 인터넷으로 카페를 찾아봤는데, 공개 카페로 돼 있어서 카페를 마음대로 들락날락 할 수 있었다는 거다.

"미안해, 카페 몰래 훔쳐봐서. 근데 네가 게시판에 쓴 이야기 중에 내 얘기가 있더라고. 노댕쌤하고 나 때문에 네가 성형수술을 결심했다는 얘기 말이야, 다쳤다가 두 주일 만에 등교했을 때 내가 얼굴이 이상하네 어쩌고 한 데다 노댕쌤이 얼굴이 다 안 나은 것 같다는 말을 해서 성형수술을 결심했다고."

얼굴이 확 달아올랐다.

"그래서? 그게 뭐?"

"그때부터야. 널 말려야겠다고 생각한 건. 사실 나, 네가 선아한테 모의 상담받을 때부터 성형수술 말렸었잖아. 빈정거리듯 농담처럼 말했지만 진심이었어. 아빠가 새엄마 땜에 돈 벌려고 미용 성형수술 하는 거, 나 무척 경멸했거든."

그날의 일이 머릿속에 떠올랐다. 더불어 이제야 녀석이 그때 왜 그랬는지 이해가 갔다.

"게시판 글 보고 난 엄청난 충격을 받았어. 우리 아빠 병원에서 상담 받았고, 거기서 수술하려고 하는 걸 알곤 더 놀랐지. 이런 말까지 해야 할까 싶지만, 너 우리 아빠가 환자들 수술 다 하는 줄 알지? 아니란다. 그 많은 환자 수술을 어떻게 아빠 혼자 다 해? 실은 원장인 아빠 뒤에 섀도 닥터가 셋이나 있어."

"섀도 닥터?"

"응. '고스트 의사'라고도 하는데, 말 그대로 그림자 의사, 유령 의사야. 최종 수술 상담도 원장이 하고, 수술실에서 환자를 마취시킬 때까지도 원장이 있지만, 정작 환자 수술은 원장이 아니라 섀도 닥터가 하는 것이지."

충격적인 건 쁘띠보떼뿐만 아니라 다른 성형외과에서도 그러는 곳이 적지 않다는 것이었다. 또 섀도 닥터나 고스트 닥터는 성형외과 전문의 자격증을 딴 지 1~2년밖에 안 된 신출내기 의사이거나, 성형외과 전문의가 아닌 일반의인 경우가 많다는 얘기였다.

"정말?"

"그래. 언론에 많이 보도돼서 알 만한 사람들은 다 알아. 환자로서는 자신이 마취 중일 때 누가 수술했는지를 알 길이 없어. 나중에 마취에서 깨어난 후에는 다시 원장이나 스타 의사가 상태를 지켜보고 진찰해주니까. 결국 환자 입장에서 보면 수술한 의사는 유령 의사가 되는 셈이지."

충격에 나는 할 말을 잃고 말았다. 언론에 많이 보도됐다고는 하지만, 중학생인 내가 방송 뉴스나 신문 기사를 챙겨보지는 않으니까 말이다. 성형수술을 성형외과 전문의가 아니라 다른 과목 전문의나 일반 의사가 할 수 있다는 사실도 놀랍기만 했다.

"우리가 성형외과라고 알고 있는 많은 병원들도 성형외과 전문의가 아니고, 일반의들이 운영하는 곳이 더 많아. 법적으로 문제가 되지 않거든. 이런 여러 가지 문제 때문에 수술실에 CCTV를 설치하네, 수술 실명제를 도입하네, 어쩌니 하지만 그게 뭐 제대로 되겠냐?"

놀란 탓인지 목이 마르고 머리가 딱딱 아파왔다. 마침 우리가 앉은 나무 의자 옆에 음료 자판기가 있었다. 나는 자판기에서 캔콜라 두 개를 빼서 윤호찬에게 한 개를 건넸다. 콜라를 마시고 나서야 갈증이 가시고 머리도 조금 맑아지는 것 같았지만 피곤한 건 여전했다.

"아무튼 잘 알겠고, 그만 가야겠으니까 결론이나 말해봐. 나를 불러낸 이유가 있을 거 아냐."

내가 재촉하자 윤호찬이 사정하듯 말했다.

"아니, 조금만 더 들어봐. 이제부터 중요한 이야기야. 사실은 있잖아, 리샤 누나가……."

때마침 핸드폰이 부르르 진동했다. 엄마였다. 핸드폰을 귀에다 대자마자 엄마 목소리가 들려왔다.

"혜규야, 언니가 합격했단다. 아나운서 시험. 정말 잘 됐지?"

"진짜?"

"응, 그래서 저녁에 삼겹살 파티할 거니까 너도 여섯 시 반까지 와."

엄마 목소리는 완전히 들떠 있었다. 나는 알았다고 말하곤 전화를 끊었다. 시간은 벌써 다섯 시가 훌쩍 넘어 있었다.

"가봐야 해. 가족 모임 한대."

"왜? 무슨 좋은 일 있니?"

"응. 울 언니가 아나운서 시험 최종 합격했대."

"와아, 축하해. 근데 아직 할 얘기 더 있는데 어쩌지? 본격적인 얘기가 있는데?"

윤호찬이 아쉬운 듯 말했지만 시간이 없었다. 나는 나중에 듣겠다고 하고 병원 정문을 향해 뛰어갔다. 그런데 가는 도중, 나는 문득 궁금해졌다.

'윤호찬이 더 하려던 얘기가 뭐지?'

문득 리샤 언니가 남긴 동영상이 머릿속에 떠올랐다. 양악 수술이 잘 끝나면 안티 플라스틱 운동을 하겠다고 했던 그 동영상. 앳된 목소리만 들리던 남자의 얘기도 함께 생각났다. 리샤 언니에게 안티 플라스틱 운동을 같이 하자고 했었던 그 얘기…….

나는 발걸음을 뚝 멈췄다.

'아, 그 목소리, 어딘가 익숙했는데…… 윤호찬?'

어떤 제안

현관문을 열자마자 기타 소리가 울려 퍼졌다. 아빠가 기분 좋을 때면 곧잘 연주하는 팝송, 〈하우스 오브 더 라이징 선〉이었다. 지글지글 삼겹살 익는 구수한 냄새도 코끝을 자극했다.

집 안이 온통 축제 분위기인 것과는 달리 기분이 축 처져 있었지만, 나는 거실로 들어가며 일부러 호들갑을 떨었다.

"나도 안 왔는데 벌써 시작한 거야? 너무해!"

"아직 시작 안 했어. 봐, 삼겹살도 이제 막 올려놓은 거야."

삼겹살을 굽고 있던 언니가 환히 웃으며 손짓했다. 꽃분홍색 티셔츠에 하늘색 청바지를 입은 언니는 오늘따라 더 상큼하고 예뻐 보였다.

"비겁한 변명! 암튼 언니 축하해! 우리 언니 이제 텔레비전에 나오는 거야? 좋아라."

내가 손을 내밀자 언니가 일어나 나를 와락 껴안았다.

"혜규야, 고맙다! 그리고 미안해."

"뭐가 미안해? 난 언니가 합격해서 좋기만 한데?"

"당연히 미안하지. 시험 떨어질 때마다 언니가 식구들 힘들게 했잖아. 이번에도 떨어지면 성형수술 한다고 엄포도 놓고, 술주정 도 하고……."

상추쌈을 식탁에 갖다 놓으며 엄마도 한마디 했다.

"그러니까 더 기쁘지. 인제 우리 딸 성형수술 안 해도 되니깐. 엄만 네가 얼굴에 칼 댈까 봐 진짜 속상했다. 내가 그렇게 반대했 는데도 이번에 떨어지면 꼭 수술한다고 했잖아."

"맞아. 엄마 엄청 떨었어. 큰딸 예쁜 얼굴 망칠까 봐."

아빠까지 기타를 내려놓고서 엄마 말을 거들었다.

삼겹살 파티라고는 했지만 식탁엔 삼겹살 말고도 먹을 게 무척 많았다. 야채샐러드에 잡채, 된장찌개, 꼬막무침, 옥수수버터구이 까지. 다 내가 좋아하는 음식들이었다.

조금 뒤 외할머니와 혁이 오빠까지 왔다. 혁이 오빠 역시 오늘 따라 한결 멋지고 든든해 보였다.

이윽고 삼겹살 파티가 시작됐다. 식구들은 음식을 먹으며 길고 힘들었던 언니의 아나운서 시험 도전 스토리를 들었다. 나도 쭉 지켜봤지만 언니가 정말 대단하다 싶었다. 술까지 한두 잔씩 마시자 분위기는 더 화기애애해졌다. 그 틈을 타서 아빠가 혁이 오빠한테 넌지시 물었다.

"송 군도 우리 혜윤이 뒷바라지하느라 고생 많았네. 근데 혜윤이가 성형수술을 하면 정말 절교하려고 했나? 그건 아니지?"

혁이 오빠가 정중하게, 그러나 정색을 하며 대답했다.

"아닙니다. 전 진짜 절교하려고 했습니다. 혜윤이가 성형수술한 얼굴은 절대로 못 볼 것 같더라고요. 제가 좀 고리타분해서 성형수술에 결사반대하는 쪽이거든요."

"그랬어? 이번에 떨어졌으면 진짜 큰일 날 뻔했군. 훌륭한 사윗감 놓치고, 딸 얼굴 망치고, 하하."

외할머니가 아빠 말을 이어받았다.

"박 교감도 딱 송 군 스타일이더라고. 나 보톡스 맞은 거 보고는 얼굴 표정이 확 굳어지더니만 그날로 연락을 뚝 끊더라니까. 내가 전화해도 안 받고 참나. 이보게 사위, 내 얼굴이 처음에 그렇게 흉했나? 보톡스 맞았을 때?"

"아닙니다. 장모님, 흉했다니요. 그건 아니고, 처음엔 아무래도 부자연스러워 보이니까 박 교감님이 그러신 게 아닐……."

"됐네, 그 말이 그 말이지 뭔가. 에이, 괜히 친구 따라 강남 갔다가 남친만 잃고, 참……."

외할머니가 살짝 눈을 흘겼다. 마치 실연당한 철없는 아가씨 같은 표정을 짓고서. 사실 외할머니는 보톡스 시술뿐 아니라 이마 주름 펴는 수술, 눈지방 제거술 같은 것까지 하고 싶어 했다. 암튼 노년의 실연에 슬퍼하는 외할머니가 내 눈엔 딱하다기보다는 무척 귀여워 보였다.

외할머니 때문에 잠깐 썰렁해졌지만 유머러스한 아빠와 혁이 오빠 덕분에 분위기는 금세 다시 좋아졌다. 아빠의 기타 반주에 맞춰 엄마가 〈립스틱 짙게 바르고〉를 노래하고, 언니랑 혁이 오빠는 화음을 맞춰 달달한 듀엣 곡을 불렀다. 함께 노래하는 둘의 모습은 선남선녀가 따로 없을 만큼 사랑스러워 보였다.

그런데 나는 갈수록 자리가 불편해지기 시작했다. 우리 가족 모두 흥겨워하는 시간에 나만 외톨이가 된 느낌이랄까. 눈치 빠른 언니가 나를 흘끔흘끔 보더니 조심스레 물었다.

"혜규야, 왜 그리 못 먹어? 너 요새 해쓱하더라. 리샤랑 소희라는 애 때문이니?"

눈물이 솟구쳐 나는 자리를 박차고 일어나 방으로 달려갔다. 침대에 누워 이불을 뒤집어썼는데 눈물이 철철 흘렀다.

"혜규야, 너 왜 그래."

따라 들어온 언니가 이불을 살짝 들추며 물었다. 나는 도로 이불을 푹 뒤집어쓰고선 울먹거렸다.

"언니, 분위기 망쳐서 미안해. 나 좀 내버려둬."

이불 속으로 언니 목소리가 들려왔다.

"괜찮아, 언니는. 근데 엄마 아빠가 너 걱정하신다. 너 알바까지 하면서 성형수술 하려고 했는데 리샤랑 소희 일 때문에 충격 받은 거 같다고. 알바 때문에 너 심하게 야단친 것도 엄마가 마음에 걸려 하셔."

나는 듣고만 있었다. 그래도 언니와 엄마, 아빠가 날 걱정한다니 조금은 힘이 났다.

"암튼 혜규야, 너무 속 태우지 마. 리샤랑 소희, 둘 다 너무 안됐지만……. 네가 성형수술 안 하기로 한 건 잘한 거야. 넌 충분히 개성 있고 매력 있어."

언니가 방문을 닫고 나가고서야 이불을 젖히고 일어나 앉았다. 벽시계를 보니 여덟 시 이십 분이었다. 문득 윤호찬이 보냈던 문자가 생각났다. 나는 다시 핸드폰을 열어보았다.

─ 호숫가 정자 앞에 있을 거니까 꼭 나와.

너 올 때까지 기다린다.

윤호찬한테 미처 듣지 못한 뒷이야기가 궁금했다. 무슨 얘기인지는 몰랐지만, 그걸 들어야지만 내 마음도 정리할 수 있을 것 같았다. 나는 미술학원 간다는 핑계를 둘러대고 집을 빠져나왔다.

초여름 밤 호수 위엔 어스름이 내려앉고 있었다. 정자 쪽으로 가는데 위쪽에서 깔깔거리는 소리가 들려왔다. 위를 올려다보니 리프트를 탄 젊은 남녀가 발을 까딱거리며 연신 웃어대고 있었다. 웃음소리가 왠지 귀에 거슬려 얼른 발걸음을 옮겼다.

저만치 정자가 보였다. 그런데 정자엔 윤호찬 말고도 단발머리 여자애 하나가 함께 앉아 있었다. 등을 보이고 있는 데다 사방이 어둑어둑해 누군지 짐작할 수 없었다. 가까이 가면서 자세히 보니 눈에 익은 코발트색 남방이며 조금 마른 듯한 몸매가 꼭 인주 같았다.

'인주가 왜 저기 있지?'

대뜸 기분이 상했다. 윤호찬이 보낸 문자엔 인주도 같이 만난다는 얘기는 없었다. 아니, 자기 말고 다른 애가 더 있을 거란 얘기는 아예 하지도 않았다.

돌아갈까 하다가 그냥 정자로 갔다. 여기까지 온 게 아깝기도 하고, 무슨 일인데 인주까지 왔을까 궁금하기도 했다. 역시 단발머리 여자애는 인주였고, 둘은 내가 온 것도 모르고 심각한 얘기를 하고 있었다.

"뭐야? 너희들?"

"어, 혜규 왔니?"

"윤호찬, 뭐니? 인주도 온다는 얘기는 안 했잖아."

내가 불퉁거리자 윤호찬이 머리를 긁적거리며 미안하다고 했다. 인주도 급하게 불러낸 거라면서.

"혜규야. 일단 앉기부터 해봐."

인주가 나를 올려다보며 팔을 끌어당겼다. 나는 인주 옆에 앉았다.

"우리 셋이 마음이 좀 통할 것 같아서 이렇게 불러냈다."

윤호찬 말이 어이없어 나는 픽 웃었다.

"뭐? 우리 셋이 맘 통할 일이 뭐가 있어?"

"응, 우리 함께 안티 플라스틱 운동 하자고."

"안티 플라스틱? 그거 리샤, 아니 리샤 언니가 하려던 거 아냐?"

내가 되묻자 인주가 머리를 주억거렸다.

"리샤 언니 일기랑 동영상 봤구나. 맞아. 성형수술 반대 운동이야. 우리 같은 청소년들이 중심이 돼서 하는."

"난 생각해본 적 없는데……."

"그니까 차근차근 듣고 생각해보라고. 리샤, 아니 참 리샤 언니지, 암튼 그 얘기부터 할게."

난 오도 가도 못한 채 어쩔 수 없이 인주 얘기를 들어야 했다.

"리샤 언니는 원래도 예쁜 편이라 흠잡을 데가 없었대. 그런데 미국에 있을 때 길거리 캐스팅이 됐고 에이전시에서 권유해서 쌍꺼풀 수술을 하게 됐대. 그러다 계속 하나하나 얼굴을 뜯어고쳤고 어느 정도 다 고친 다음에 한국에 왔던 거래."

일기와 동영상에서 본 거랑 비슷한 내용일 뿐 새로운 얘기는 아니었다. 더구나 '리샤 언니'라고 하는 걸 보니 인주도 윤호찬에게서 웬만한 얘기는 다 들은 것 같았다.

"나도 다 아는 거야. 너네 엄마 기사하고 일기랑 동영상에도 다 있었잖아."

"참, 그런가?"

인주가 머쓱한 듯 웃자 호찬이가 말했다.

"여기서부턴 내가 말할게. 그런데 리샤 누나가 안티 플라스틱 운동을 한다면서 누구를 첫 타깃으로 했는지 아니? 바로 너하고 선아, 유라, 정하, 미연이…… 그러니까 플라스틱 빔보 클럽 회원들이었어. 그 운동을 나하고 하기로 했었고."

"뭐? 왜 우리를?"

"먼 데 있는 아이들도 중요하지만, 가까운 데 있는 애들부터 구하고 싶어 한 거지. 너희들이 플빔 클럽 하는 걸 리샤 누나도 알고 있었거든. 내가 얘기해줘서."

인주가 다시 말을 이어받았다.

"참, 리샤 언니 동영상 뒷부분에 남자 목소리 나오잖아. 그거 호찬이 목소리야. 그 동영상, 호찬이가 만들어서 리샤 언니 동의까지 받은 거래. 수술 잘 끝나서 성형수술 반대 운동 하면 그때 공개하려고 했던 건데 리샤 언니가 죽으면서 좀 이르게 공개된 거지……."

역시 아까 내가 했던 추측이 맞았다. 동영상 속 남자 목소리의 주인공이 윤호찬일지도 모른다고 했던 그 추측 말이다. 그러자 동영상이 재생되기 시작할 때 자막에 나왔던 'written&designed by H.C.'란 글자까지 생각났다. H.C. 그것은 바로 '호찬'의 영어 이름 앞 글자였던 것이다.

주위가 시끌시끌하더니 한 무리의 아줌마들이 나타났다. 아줌마들은 하나같이 팔을 앞뒤로 쭉쭉 뻗어 손뼉을 쳐대면서 우리 곁을 수선스레 지나갔다. 잠시 말을 멈추었던 인주가 다시 입을 열었다.

"그래서 리샤 언니의 뜻을 이어서 안티 플라스틱 운동 할 건데, 너도 했으면 해서……. 알잖아, 나 원래부터 성형수술 반대했던 거. 리샤 언니랑 소희 일 겪으면서 느낀 것도 많고."

뜻밖이었다. 인주가 성형수술을 혐오했던 건 이미 알고 있지만, 이렇게 무슨 동아리나 클럽 활동에 적극적일 줄은 몰랐다. 인주는 나하고 선아하고만 조금 친했지 다른 친구도 없고, 그저 자기 목표를 향해 공부만 하는 아이이니까.

"반대 운동이라고 해서 거창한 건 아니야. 플라스틱 빔보 클럽처럼 클럽 하나 만들고, 인터넷 카페 만들어서 운영해보려는 거지. 그러다 보면 뜻을 같이하는 애들도 하나둘 늘어날 테고. 혜규야, 너도 같이 하자, 응? 울 엄마도 나 성형수술 시키는 거 포기했어. 리샤랑 소희 사건 취재하면서 뭘 깨달은 거 같더라."

인주가 계속 내 뜻을 물었지만 난 선뜻 대답할 수 없었다. 금방 결정할 수 있는 일이 아니었다. 윤호찬이 내 마음을 꿰뚫고 있는 듯 말했다.

"좀 생각해봐야겠지? 그럴 거야. 그건 그렇게 하고, 노댕쌤 얘기 좀 해줄게."

"아, 그래. 노댕쌤은 어떻게 되셨는데?"

나는 귀가 번쩍 뜨여 물었다.

"뭐냐면, 내 눈엔 노댕쌤 얼굴이 처음부터 조금 이상해 보이더라구. 근데 어느 날 아빠랑 새엄마가 하는 이야기를 우연히 들었는데, 글쎄 노댕쌤이 우리 아빠한테서 성형수술을 받았다잖아. 그것도 얼굴을 확 갈아치우다시피 말이야. 그래서 아빠 컴퓨터를 뒤져서 노댕쌤의 수술 전후 사진을 찾아냈지."

그런데 마침 그즈음 뷰밥 카페에서 로댕짝퉁이란 사람이 쁘띠보떼 성형외과 무료 상담 이벤트를 안내하는 걸 윤호찬이 보게 됐다는 거다. 그래서 노댕쌤이 브로커란 확신을 하고, 아이들한테 노댕쌤의 비포&애프터 사진을 뿌렸다는 것이었다.

"왜 그랬니? 나랑 플빔 클럽 회원들도 압박했으면서 노댕쌤한 테까지 왜 그런 짓을 한 거야?"

내가 쏘아붙이자 윤호찬이 쑥스러운 표정을 지었다.

"내가 경솔했어. 내가 원래는 안 그랬는데, 아빠가 재혼한 다음에 성격이 많이 비뚤어지면서 아빠도 싫고 새엄마는 더 싫었고, 그래서 성형수술까지 무조건 혐오하게 됐지. 아빠랑 새엄마가 성형수술 덕에 만난 거잖아. 그런 마당에 노댕쌤의 비밀을 알게 됐으니 한 건 했다 싶었던 거야. 노댕쌤이 가짜 얼굴로 진짜 얼굴 행세를 하는 게 진짜 싫었거든. 그래서……."

핸드폰을 하나 더 만들면서까지 노댕쌤 사진과 브로커 소문이 담긴 문자를 뿌렸는데, 그러고 나서 얼마 되지 않아 로댕짝퉁이 새엄마의 남동생이라는 걸 알았다는 거다.

"노댕쌤은 성형수술을 하기는 했지만, 미용 성형을 한 게 아니더라고. 사고로 얼굴에 큰 부상을 입으면서 어쩔 수 없이 수술을 할 수밖에 없었대. 노댕쌤 브로커 설이 퍼져 문제가 되자 우리 아빠가 경찰한테 밝힌 사실이야. 하지만 무슨 사고 때문에 얼굴을 다쳤는지는 아빠도 모른대."

"넌 그걸 어떻게 알았는데?"

내가 캐묻자 윤호찬이 머리를 긁적였다.

"리샤 누나 수술이 그렇게 된 후로 아빠가 나한테 털어놨어. 사실 리샤 누나 수술도 아빠가 했으면 괜찮았을 텐데, 급한 일이 생겨서 직접 할 수가 없었대. 그래서 섀도 닥터를 시켰다는데 그런 일이 생겨서 아빠가 무척 자책하셨어. 그러다가 노댕쌤 얘기도 나한테 해준 거고."

정말이지 세상에 이렇게 복잡한 일은 없을 것 같았다.

"근데 너 그렇게 개인 정보 막 흘려서 조사받진 않았어? 발신인 번호가 찍혀서 경찰이 추적할 수 있었을 텐데?"

내가 묻자 윤호찬이 멋쩍은 얼굴로 고개를 저었다.

"아니, 노댕쌤이 내가 그런 걸 알고는 처벌하지 말라고 했대. 암튼 노댕쌤한테는 너무 죄송해. 인터넷에 사진 퍼지고 신상까지 털리고 그랬잖아. 브로커가 아니었다는 건 밝혀졌지만. 그런데 쌤이 학교를 그만두신다니……. 다 내 개인 감정 때문에 일어난 일인데."

어디선가 달콤한 향기가 바람 속에 실려왔다. 호숫가 화단에 심어진 장미꽃에서 풍겨오는 것 같았다. 정자 옆 검푸른 호수엔 그새 아까보다 훨씬 짙은 어둠이 내려앉아 있었다.

"그래서 오늘 리샤 누나 빈소에서 결심한 거야. 수술하기 전에 누나랑 약속했던 대로 안티 플라스틱 운동을 하기로. 그런데 나 혼자서는 힘들 것 같고 용기도 안 나더라. 원래 그런 일은 혼자선 할 수 없잖아, 동지가 있어야지. 그래서 먼저 혜규한테 얘기하려고 했는데, 네가 아까 집에 가는 바람에 인주를 불러낸 거야. 인주가 성형수술 반대해서 너희 사이 틀어졌다는 얘기, 플빔 카페에서 봤거든.”

이제 모든 의문은 풀렸다. 이야기도 다 들었다. 뜻밖의 윤호찬 가족사, 리샤 언니 이야기, 노댕쌤 스토리까지. 윤호찬이 나하고 인주를 한자리에 불러 모은 이유까지도 다 알았다.

인주가 간절한 눈길로 나를 보았다.

“혜규야, 너 어차피 성형수술 안 하기로 했다며, 선아한테 들었어. 그러니 우리랑 안티 플라스틱 운동이나 하자. 선아한테도 내가 말해볼게.”

“난 관심 없어. 내가 꼭 거기 끼어야 할 이유도 없고.”

“아니, 이유 있어. 넌 성형수술 하려고 플라스틱 빔보 클럽까지 만들었다가 그만두기로 맘먹은 애잖아. 너 같은 애가 필요해, 이 운동엔.”

인주 말이 귀에 거슬려 나는 자리에서 일어났다.

“필요하다고? 그건 네 생각이지. 난 옛날처럼 조용하게 살고 싶어. 먼저 갈게.”

“이렇게 가면 어떡하니. 조금만 더 얘기하다 가.”

인주가 사정했지만 윤호찬은 아주 쿨했다.

“그냥 보내줘. 생각할 시간을 줘야지.”

마음을 굳히다

그로부터 사흘 동안 나는 참 많은 생각을 했다. 그러나 무얼 어떻게 해야 할지 쉽게 결론 낼 수 없었다. 그저 이제는 아무 일에도 휘말리지 않고 조용히 살고만 싶었다. 그래서 학교에서 윤호찬과 인주를 보아도 피해만 다녔다. 선아랑 유라, 정하, 미연이하고도 거리를 두었다.

어제는 리샤 언니와 소희의 영결식이 학교에서 열렸다. 전교생과 선생님들, 학부모들이 운동장에 쭉 늘어선 가운데 우리 반 반장이 학생 대표로 헌화를 하고 인주가 조사를 읽었다. 가슴 아팠던 건 리샤 언니 쪽엔 가족과 친척, 심지어 소녀 팬이며 삼촌 팬들까지 수를 셀 수 없을 만큼 많은 조문객들이 참석했지만, 소희 쪽엔 달랑 소희 아빠와 몇몇 친척만 자리를 지킨 것이었다. 그래서 학부모들 몇몇이 일부러 소희 쪽으로 이동해서 빈자리를 조금이나마 채워주었다.

인주 엄마를 포함해 여러 신문사와 방송국에서도 많은 기자들이 나와서 취재를 했다. 리샤 언니와 소희의 영결식 모습은 어젯밤 텔레비전 뉴스와 인터넷 뉴스, 그리고 오늘 아침 신문 방송에 계속 보도되었다.

오늘, 학교는 예전과 다름없이 조용해졌다. 학생들도 거의 다 예전 모습으로 돌아갔다.

그러나 우리 반만큼은 그러지 못했다. 나란히 있던 리샤와 소희의 책상이 교실에서 치워졌고, 미술 시간엔 노댕쌤이 아닌 임시 미술 선생님이 들어와 수업을 했다. 들리는 말에 따르면 노댕쌤 사표는 아직 수리되지 않았다고 한다.

학교 꽃밭에 피었던 붉은 장미는 며칠 새 바짝 시들어버렸다. 그 대신 키 작은 채송화와 분꽃 같은 꽃들이 하나둘씩 피어나기 시작했다.

수업이 끝나고 하교 시간이 되었다. 나는 책가방을 싸다 말고 잠시 생각했다. 그러곤 인주와 윤호찬을 카톡방으로 불러 결심한 것을 밝혔다.

— 함께할게. 안티 플라스틱.

기다렸다는 듯 둘은 대번에 답톡을 띄웠다.

인주 — 혜규야, 고맙다! 그럴 줄 알았어.
호찬 — 강혜규, 잘 생각했다. 리샤 누나가 엄청 기뻐할 거야.

호찬과 인주는 셋이서 당장 만나 얘기 좀 하자고 보챘다. 둘 다
학원 수업이 저녁 늦게 있어 시간 여유가 있는 모양이었다. 하지
만 나는 그보다 먼저 만나야 할 아이들이 있었다. 플라스틱 빔보
클럽 친구들이었다. 한쪽을 매듭지어야 다른 쪽의 매듭을 새로이
엮어갈 수 있을 것 같았다. 플빔 친구들하곤 이미 만나기로 약속
해둔 상태였다. 내가 사정을 말하자 인주와 호찬은 약속이나 한
듯 같은 내용의 카톡을 띄웠다.

인주 — 그럼 나도 플빔 클럽 애들 만날래.
호찬 — 나도. 걔네들한테도 할 얘기 있어.

조금 망설였지만 나는 결국 인주와 호찬을 데리고서 겁나맛나
떡볶이집으로 갔다. 사실 혼자서 플빔 클럽 회원들을 만나는 게

조금 두렵기도 했다.

선아와 유라, 정하, 미연은 떡볶이집에 일찌감치 와 있었다. 우리 셋이 같이 들어서는 걸 보고 선아가 놀라 물었다.

"너희들 왜 같이 와? 윤호찬 쟤는 뭐고?"

나는 큰 숨을 한 번 몰아쉰 후 용기를 내서 말했다.

"내가 플빔 클럽 나온 건 진짜 미안해. 근데 우리 같이 안티 플라스틱 운동 하자. 인주랑 호찬이랑 다 함께하기로 했어."

정하가 발딱 일어나더니 방방 뛰었다.

"뭐? 안티 플라스틱? 너 그 얘기 하려고 우리 보자고 한 거야? 진짜 몰랐다, 네가 이렇게 뒤통수칠 줄! 강혜규 너, 플빔 안 할 거면 걍 찌그러져 있어. 남 일에 재 뿌리지 말고."

유라는 거침없이 욕을 내뱉었다.

"씨발, 난 이런 년들이 젤로 싫더라. 무덤까지 같이 갈 것처럼 굴다가 배신 때리는 년들. 만나자고 해서 딴 얘기라도 하려나 했는데, 안티 플라스틱 하자고 불러낸 거냐? 참나."

모두들 생각보다 세게 나와 겁이 났지만 나는 조용조용 대꾸했다. 곁에 인주와 호찬도 있으니 조금 든든하기도 했다.

"아니, 꼭 그러려고 한 건 아니야. 너희한테 미안하다는 말부터 하려고 만나자고 한 거야. 카페에만 글 남겼고, 내가 정식으론 말 못 했잖아."

"미안한 거 알면 걍 꺼져. 너 없어도 우린 원래 계획대로 다 해 나갈 거니까."

"아이 참⋯⋯."

내가 말을 잇지 못하자 인주가 끼어들었다.

"혜규한테 너무 그러지 마라. 얘도 맘고생 많았어. 그리고 가능하다면 너희도 우리랑 함께 안티 플라스틱 하면 좋겠다. 너희도 지금 마음이 부대낄 거 아냐. 충격도 받았을 테고."

"충격? 우리 사전엔 그런 단어 없거든. 리샤하고 소희 일이 우리랑 무슨 상관인데? 걔네가 우리 클럽 회원이었던 것도 아니고만."

유라가 목소리를 높이는 바람에 떡볶이집에 있던 다른 애들까지 우리를 쳐다봤다.

"너희 말도 틀린 건 아니지만⋯⋯."

인주가 조용히 하자는 듯 손가락을 입술에 갖다 대며 말했다. 그럴수록 유라는 포크로 떡볶이를 콱콱 찍어대며 더 크게 소리쳤다.

"함인주, 넌 빠져. 너하고 윤호찬이 혜규 꼬신 거 다 아니깐. 그리고 강혜규, 그럼 우리가 카페 비워줘야 하니? 안티 플라스틱인지 씹다만 플라스틱인지 한다며. 그러면 카페도 있어야 할 것 아냐. 플빔 카페에서 우리 몰아낼 거니?"

"아니야, 너희들도 다 같이한다면 카페는 그대로 놔두고 이름하고 성격만 바꾸려고 했는데, 너희가 안 한다면 내가 탈퇴하고 카페를 새로 만들어야지."

난 최대한 고분고분 대답했다. 입장을 바꿔놓고 생각하면 유라나 선아, 정하, 미연이가 충분히 화낼 만도 했다. 솔직히 난 플라스틱 범보 클럽 회원들한텐 죄가 많다. 클럽을 가장 먼저 만든 사람도, 애들을 부추긴 것도, 포에버라고 한 것도 나였는데, 내가 먼저 등을 돌렸으니까.

"카페를 새로 만든다고? 야, 넌 플빔 클럽 카페지기야. 어떻게 니 마음대로 나가?"

미연이가 말꼬리를 물었다.

"내가 너희 중 한 사람한테 카페지기 자리 넘겨주고 탈퇴하면 돼."

"기어이 배신하겠다는 거네? 의리 없는 년. 얘들아, 가자."

유라가 눈짓하자 미연과 정하가 발딱 일어섰다. 그런데 선아는 어정쩡한 표정으로 뭉그적거리기만 했다.

"송선아, 안 가?"

미연이 묻자 선아가 낯을 붉혔다.

"미안해, 나도 빠질래. 혜규랑 인주랑 안티 플라스틱 할래."

유라가 픽 웃었다.

"얘, 송선아, 주제 파악 좀 해라. 넌 정말 의느님 손길이 절실히 필요한 애야. 강혜규 정도면 개성파라고 우길 수나 있지, 넌 아니거든."

선아는 작정한 듯 침착하게 대꾸했다.

"나도 알아. 근데 리샤 언니랑 소희 사건 겪고서는 맘이 달라졌어. 나중에 어른 되면 몰라도 지금은 안 할래. 무서워. 일단 이대로 살래."

"이런 애를 간에 붙었다 쓸개에 붙었다 한다고 하는 거지? 송선아, 진짜 네 자리가 어딘데?"

정하가 따지듯 묻자 선아가 기어들어가는 목소리로 말했다.

"미안해. 내가 쫌 소심하잖아. 나도 나지만, 리샤 언니랑 소희 때문에 엄마도 성형수술 당분간 안 된다고 하셔. 하더라도 대학 가서 하자고 하고. 그래서 더 그래."

"그래? 그럼 그렇게 하셔!"

정하가 잠시 비웃는 표정을 짓더니, 떡볶이 접시를 들어 선아 윗도리에 확 부어버렸다.

"아악!"

선아가 용수철 튕기듯 펄쩍 뛰어올랐다. 교복 흰 블라우스 앞섶은 눈 깜짝할 새에 시뻘건 떡볶이 국물로 범벅이 돼버렸다. 인주와 내가 물티슈로 서둘러 닦아냈지만 얼룩은 쉬 지워지지 않았다.

"야, 너무 심하잖아!"

호찬이 타박을 하자 정하가 콧방귀를 뀌었다.

"뭐가 심한데? 넌 남자애가 왜 병신같이 안티 플라스틱엔 껴서 그러냐? 성형수술하고 웬수졌니? 암튼 이 정도로 끝나는 걸 고맙게 여겨. 그리고 우린 우리끼리 잘 해볼 테니, 한번 붙어보자. 플라스틱 빔보랑 안티 플라스틱이랑."

그러고서 정하는 유라와 미연이를 끌고 씩씩거리며 가버렸다.

간다, 본맹청청!

"이쯤에 붙이면 되겠니?"

대자보를 현관 게시판에 대보며 호찬이 물었다.

"아니, 너무 높아. 조금 아래로."

선아의 말에 호찬은 대자보를 아래로 조금 이동시켰다.

"그럼 여기?"

"어, 거기. 딱 좋다."

인주가 고개를 끄덕이자, 그제야 호찬은 게시판에 대자보를 압
정으로 고정시켰다. 어젯밤 우리 넷이서 인주네 집에 모여 함께
만든, '꽃뫼중학교 학우들에게 드림―본맹청청 일동'이란 제목의
대자보였다.

"우와, 진짜 멋지다."

호찬이 감탄사를 터뜨리자 선아가 소심한 표정으로 물었다.

"멋지긴 한데, 쌤들이 뜯어내면 어쩌지?"

"무슨. 학교를 성토한 것도 아니잖아. 엄동설한 북한도 아니고, 대한민국엔 언론의 자유가 있다고."

인주의 똑 부러진 말에 호찬이 웃음을 터뜨렸다.

"하하. 누가 신문기자 딸 아니랄까 봐."

나는 뿌듯한 마음으로 팔짱을 낀 채 대자보를 한 줄 한 줄 읽어 보았다.

꽃뫼중학교 학우들 안녕하십니까?

저희는 본판유지를 맹세한 청소년들의 모임, 줄여서 본맹청청을 만든 3학년 3반 강혜규, 송선아, 윤호찬, 함인주입니다.

센스 있는 분들은 이미 눈치채셨겠지만 본맹청청은 성형수술을 반대하는 청소년들의 모임입니다. 지금은 비록 저희 넷으로 출발하지만 앞으로 더 많은 학우들, 그리고 대한민국 청소년들이 함께하기를 바라는 마음에서 이 대자보를 붙입니다.

예로부터 아름다움을 추구하는 것은 인간의 본능이었고, 특히 여성들은 아름다워지기 위해서라면 정신적, 물질적 투자를 아끼지 않았습니다. 그런데 최근에 의술이 발달하면서 인위적으로 외모를 바

끌 수 있는 미용 성형수술이 폭발적인 인기를 끌고 있습니다. 또한 성형수술에 관한 사이트가 우후죽순처럼 생겨나고, 연예인들 역시 성형수술 한 사실을 자랑이라도 하듯 떠벌리고 있습니다. 이런 세태 때문에 얼굴에 전혀 문제가 없는데도 오직 더 예뻐지고 멋져 보이고 싶은 마음에 성형수술을 하는 사람들이 늘고 있습니다.

하지만 성형수술은 부작용과 후유증이 매우 심각해 정상적인 삶을 망가뜨리며, 심하면 죽음에까지 이르게 합니다.

원래 성형수술은 선천적인 결함이 있거나 사고로 부상을 당했을 때, 결함이나 부상 흔적을 가리거나 교정하기 위한 치료 목적으로 생겨났습니다. 그런데 지금은 인위적인 아름다움을 만들어내기 위한 미용 목적으로 더 많이 쓰이고 있습니다. 이는 기성세대들이 만들어낸 외모 지상주의에서 비롯된 것인데, 우리 청소년들까지 휘둘리고 있으니 안타깝기 짝이 없습니다. 특히 일부 몰지각한 의사들은 오직 돈벌이를 위해 불필요한 성형수술을 사람들에게 마구 권하고 있는 실정입니다.

그 결과 우리나라는 인구 1만 명당 미용 성형수술을 시행한 건수가 세계 1위를 기록하고 있고, 이 때문에 세계인들로부터 성형천국이라는 불명예스러운 소리를 듣고 있습니다.

사실 미용을 목적으로 한 성형수술은 의사들이 지켜야 할 의료 윤리를 일컫는 히포크라테스 선서에도 위배됩니다. 히포크라테스

선서에는 해로운 것을 행하지 말라. 치료가 환자의 건강이나 행복을 악화시켜서는 안 된다는 조항이 있습니다. 미용 성형은 불필요한 수술을 함으로써 환자에게 위험 부담을 안길 뿐더러 자칫 잘못되면 환자의 건강과 삶의 질이 수술 전보다 더 나빠지기 때문에 결과적으로 해로운 것이 되어 이 조항에 위배됩니다.

누군가는 말할 것입니다. 미용 성형수술 또한 자기 계발 방법의 하나가 될 수 있다, 성형수술이 부작용만 있느냐, 자신감과 자존감을 충족시키는 긍정적인 효과도 있다고. 네, 물론 그런 면도 있을 수는 있습니다.

그러나 박피를 하고, 뼈를 깎고, 살을 잘라내고, 인공보형물이나 약품을 집어넣는 성형수술은 돌이킬 수 없는 끔찍한 부작용과 후유증을 일으키는 경우가 많습니다. 그래서 성형수술을 한 사람들 중 대다수가 우울증, 대인기피증에 시달리고 심지어 자살까지 합니다. 성형수술 도중에 사고가 생겨 목숨을 잃는 사례도 있습니다. 한번 성형수술을 받으면 주위의 평가나 의사의 진단과는 아랑곳없이 스스로 성형 중독에 걸려 계속 수술을 받는 경우도 허다합니다.

그런데 미용 성형을 하는 의사들은 이런 위험성에 대해서는 아주 작은 소리로 말하거나 아예 말하지 않고, 그 대신 달콤하고 거짓된 장밋빛 얘기만을 떠벌립니다. 이 때문에 어른들은 물론 우리 청소년들까지 성형수술에 관심을 갖게 되고 어린 나이에 수술을 받기까지 합니다.

이에 몇몇 정치인들은 청소년기 성형수술의 문제점을 인식해, 러샤법 등 미성년자의 부위별 성형수술을 제한하는 법안을 국회에 제출했다고 합니다. 그렇지만 의사협회에서는 개인의 행복 추구권과 의사의 진료 결정권을 침해하는 것이라며 반대하고 있고, 정부도 매우 소극적이라고 합니다.

이에 저희 네 명은 바로 청소년 성형수술 반대 운동, 즉 안티 플라스틱 운동을 펼치기로 했습니다. 이 운동은 저희 자신을 위한 것이자, 성형수술 때문에 꽃다운 목숨을 잃은 우리의 학우, 故서리은 양과 김소희 양을 기리기 위한 것이기도 합니다.

여러분, 확인해보시면 알겠지만 본맹청청을 만든 저희 넷은 결코 잘난 본판을 갖지 못했습니다. 특히 넷 중 두 사람은 성형수술을 계획해 클럽까지 만들었다가 스스로 포기한 경우이기도 합니다. 그래도 저희는 부모님이 물려주신 이 타고난 본판이 이 세상에 단 하나뿐인 것임을 자랑스레 여기며, 죽을 때까지 고이 잘 간직하려고 합니다.

여러분, 저희와 뜻을 같이하지 않으렵니까? 같이하는 방법은 아주 쉽습니다.

1. 본맹청청 회원으로 가입한다.

2. 본맹청청 인터넷 카페에 가입한다.

여러분이 본맹청청 회원이 된다면 저희와 함께 이런 일을 하게
될 것입니다.

1. 선천적인 결함이나 사고로 인한 문제가 없는 한, 죽을 때까지
   성형수술을 받지 않는다는 마음을 갖는다. (물론 이 부분은 어른
   이 되어 바뀐다 해도 누가 뭐라 하지 않습니다.^^)
2. 자신의 본판에 대해 자부심을 가지며, 외모보다는 내면의 성
   장을 위해 노력한다.
3. 성형수술을 부추기는 사회 풍토에 휘둘리지 않는다.
4. 부모 형제나 기성세대가 성형수술을 권할 때 절대로 하지 않
   는다.
5. 본맹청청 캠프에 참석한다.
6. 주위의 친구들에게 본맹청청 회원이 될 것을 권한다.

그리고 또 하나, 저희 본맹청청은 노동우 선생님을 학교로 다시
오시게 하는 일을 추진하려고 합니다. 왜냐하면 노동우 선생님은
근거 없는 헛소문 때문에 브로커로 몰려 마음의 상처를 입으신 데
다, 치료 목적으로 수술을 받으셨는데 우리 회원 중 한 명이 오해

해 미용 성형수술을 받으신 걸로 몰아가 저희가 큰 책임감을 느끼고 있기 때문입니다. 이에 저희는 선생님이 학교로 돌아오실 수 있도록 최선의 노력을 다하려고 합니다. 이 일에도 뜻있는 학우 여러분이 동참해주시기를 바랍니다.

비록 길기는 했지만 대자보엔 우리가 하고자 했던 말이 고스란히 담겨 있었다.

"이야, 독립선언서 못지않게 명문인데?"

내 말에 호찬이 호들갑을 떨었다.

"어련하시겠어. 백일장 여왕, 함인주가 쓴 건데."

"글씨는 한석봉 뺨치는 윤 아무개 군이 썼지 아마? 제목하고 일러스트는 우리의 호프, 강혜규 양 작품이고."

인주까지 맞장구를 치자 선아가 투정을 부렸다.

"아웅, 나만 아무 역할도 못했네. 대자보 만드는 데."

그때 와자지껄한 소리가 들리며 아이들이 하나둘 등교하기 시작했다. 우리는 대자보를 그대로 둔 채 교실로 향했다. 분명히 학교가 발칵 뒤집힐 거라고 생각하면서.

교실로 들어와 얼마 지나지 않았을 때였다. 유라가 붉으락푸르락한 얼굴로 들어오더니 다짜고짜 말했다.

"강혜규! 송선아, 함인주, 윤호찬 데리고 잠깐 나와봐."

친구들과 복도로 나가자 유라와 미연, 정하가 싸울 듯한 기세로 서 있었다. 정하가 먼저 말을 던졌다.

"너희 진짜 별꼴이다. 본맹청청? 성형수술 무서우면 너희나 안 하면 되지 딴 애들은 왜 부추겨? 그리고 함인주 너, 공부에 목숨 거는 애가 왜 이래? 상관없는 일에 나서지 말고, 공부나 해."

미연과 유라도 한 소리씩 했다.

"함인주 너하고 윤호찬 속셈, 뭔지 다 알아. 너네처럼 공부 좀 하는 애들은 특목고나 자사고 갈 때 이런 활동한 게 플러스 되잖아. 대학 갈 때도 그렇고. 그러니까 나서는 거지, 아냐?"

"맞아. 강혜규, 송선아. 괜히 함인주랑 윤호찬한테 휘둘리지 마라. 쟤네들 다 목적이 있어서 저러는 거야."

정하가 기분 나쁜 눈길로 인주를 훑어보더니 말을 덧붙였다.

"솔직히 함인주 정도 되면 꿀릴 게 별로 없지. 얼굴도 그만하면 됐고, 공부도 잘하니까. 그니까 저런 대자보 붙여도 어울려. 근데 강혜규랑 송선아, 너희 둘은 쫌 웃기거든. 너희가 얼굴이 되니, 공부가 되니? 대자보랑 진짜 안 어울리거든."

딴 때 같으면 화가 났으련만, 나는 아무렇지도 않았다. 어느 정도 예상한 반응이기도 했고.

때마침 린쌤이 우리 가까이 왔다. 조회 시간이 된 것이었다. 미연과 정하는 어쩔 수 없이 자기 교실로 가고 우리도 모두 교실로 들어왔다.

분명히 대자보 얘기를 할 거라고 생각했는데, 린쌤은 조회 시간에 그 얘기는 한마디도 하지 않았다. 다다음 주부터 기말고사가 시작되니 잘 준비하라는 얘기뿐이었다. 수업 시간에 다른 선생님들도 약속이나 한 듯 대자보에 대해선 입을 다물었다. 대자보를 뜯어내라 마라, 할 줄 알았는데 뜻밖이었다. 알고 보니 교장 선생님이 외근 중이라, 대자보를 어떻게 할지 선생님들끼리 선뜻 결정을 못 한 모양이었다.

대자보 때문에 학교가 시끄러워진 건 점심시간부터였다. 본맹청청 친구들과 점심을 먹고 있는데 식당 입구에서 누가 크게 소리쳤다.

"3학년 3반 본맹청청 학생들, 혹시 여기 있나요? MBS 기자입니다."

우리는 모두 입구 쪽을 보았다. 남자 기자와 카메라맨이 주위를 둘러보며 서 있었다.

"네, 본맹청청 여기 있습니다."

호찬이 벌떡 일어나 큰 소리로 외치고는 우리한테 빠르게 말했다.

"우리 인터뷰하러 왔나봐. 본맹청청을 알릴 좋은 기회이니 얘기 잘하자."

어느새 기자가 우리 앞에 오더니 빙그레 웃기부터 했다.

"인터뷰 좀 할 수 있을까요? 학생들이 대자보를 붙였다고 해서 왔어요. 본맹청청, 대자보 읽어봤는데 대단하던데요?"

인주가 눈을 동그랗게 뜨고 물었다.

"어떻게 알고 오셨어요?"

"누가 우리 방송국에 제보했던데요?"

우리 넷은 서로를 보았다. 누가 제보를 했는지 알쏭달쏭하기만 했다. 뒤에서 굵직한 목소리가 들린 것은 그때였다.

"아니, 기자님. 허락도 안 받고 맘대로 취재를 하시면 어떡합니까? 교장입니다. 외부 회의가 있어서 이제 막 들어왔는데 이런 일이……."

교장 선생님 얼굴엔 난감한 표정이 역력했다. 기자는 침착함을 잃지 않고 차분히 설득했다.

"아, 교장 선생님. 안녕하십니까. 리샤와 소희 일 때문에 힘드셨던 건 충분히 이해합니다만, 이번 취재 건은 좀 차원이 다른 거라서…… 본맹청청, 좋은 취지의 모임 같은데 좀 협조해주시면 안 될까요? 학교 이미지를 높이는 데도 도움이 될 거 같은데……."

교장 선생님은 잠시 생각하는 듯하더니 고개를 끄덕였다.

"그럼 취재해보세요. 대신에 최대한 좋게 보도되도록 애써주시면 좋겠군요."

"나쁘게 보도될 것이 있습니까? 본맹청청 자체가 건강하고 훌

룽한 모임인데요. 그럼 학생들, 나하고 얘기 좀 할까요? 우선 대자
보 앞으로 가서……."

기자와 함께 우리 넷은 대자보가 붙여진 현관 게시판 쪽으로 이
동했다. 그러곤 5교시가 끝날 때까지 카메라를 앞에 두고 본맹청
청에 대해 많은 얘기를 나눴다. 물론 5교시 수업은 교장 선생님의
특별 배려로 빠질 수 있었다.

취재를 마치고 돌아가며 기자가 말했다.

"인터뷰하느라 수고했어요. 참 멋진 학생들입니다. 오늘 밤 아
홉 시 뉴스에 보도될 겁니다. 뉴스 꼭 챙겨보세요."

본맹청청이 어떻게 보도될지, 또 우리 넷은 어떤 모습으로 비칠
지, 나는 무척이나 궁금했다.

푸른 나날들

아침부터 날씨가 푹푹 쪘다. 언니가 지방 방송국에서 근무한 지 일 년 만에 서울 방송국으로 옮겨 첫 출근하는 날인데 말이다. 그래도 기분 좋은 날이라서 그런지, 후덥지근한 날씨마저 별로 불쾌하게 느껴지지 않았다.

언니의 인생에 길이 남을 이날을, 나는 하나뿐인 동생으로서 맘껏 축하해주고 싶었다. 학기 중이라면 엄두를 못 냈겠지만 마침 여름방학이라 시간도 좀 있었다.

그래서 생각해낸 게 언니한테 '뮬란표 수제 생크림 케이크'를 만들어주는 것이었다. 고등학교에 들어오면서 진로를 일러스트레이터로 결정해버리긴 했어도 내 가슴 한구석엔 아직 셰프의 꿈도 자리 잡고 있으니까.

재료는 어젯밤에 미리 준비해두었기에 아침부터 일찌감치 일어나 케이크 만들기에 도전했다. 엄마가 도와주겠다고 했지만 나는 극구 뜯어말렸다. 나 혼자만의 힘으로 언니를 위한 케이크를 만들어보고 싶었다.

① 달걀 흰자와 노른자를 잘 믹스한 다음 우유 한 컵을 붓는다.

② 핫케이크 믹스 가루에 ①을 고루 섞는다.

③ 팬을 약한 불에 올려놓고 올리브오일로 살짝 코팅한 다음 ②를 적당량 붓고 뚜껑을 덮는다……

인터넷에서 찾아낸 '생초보도 성공률 100%, 초간단 수제 생크림 케이크 만들기' 레시피는 나 같은 완전 생짜 초보도 손쉽게 따라 할 수 있을 정도로 아주 친절했다. 더구나 우리 집처럼 오븐이 없는 경우에도 가스레인지로 만들 수 있어 그 점도 참 좋았다.

내가 케이크를 준비하는 사이 아빠는 거실 소파에 앉아 〈하우스 오브 더 라이징 선〉과 〈원 모어 컵 오브 커피〉를 번갈아 연주했다. 늘 새벽같이 일 나가는 사람이 아침부터 낭만을 즐기고 있는 걸 보니 오늘은 비번인 모양이었다.

아빠의 기타 소리를 들으며 팬에 케이크 가루 반죽을 붓고 유리

뚜껑을 덮었다. 얼마 지나지 않아 케이크가 익어가는 달콤하고 고소한 냄새가 온 집 안에 퍼져갔다. 케이크가 구워지는 동안 케이크 위에 얹을 생크림도 만들었다. 생크림 우유에 설탕을 넣은 후 도깨비방망이로 휘휘 저으니 금세 소담스러운 생크림이 완성되었다.

그때 현관문 열리는 소리가 나더니 외할머니가 안으로 들어섰다.

"오늘이 우리 혜윤이 서울 방송국으로 출근하는 날이랬쟈? 외할매도 축하해주러 왔다."

아빠가 얼른 기타를 내려놓고 외할머니를 맞았다.

"아이구 장모님, 좋은 일 있으세요? 오늘따라 아주 화사해 보이시는데요?"

정말 요새 외할머니는 얼마나 활기차 보이는지 모른다. 보톡스 때문에 부자연스러웠던 얼굴도 일 년 사이 훨씬 생기 있고 자연스러워졌다. 보톡스 기운도 다 빠진 데다, 연락을 뚝 끊어 애를 먹였던 박 교감님하고 다시 실버 로맨스를 이어가고 있는 덕분이다. 단 외할머니는 앞으로 보톡스를 절대로 맞지 않고 쌍꺼풀 수술은 물론 어떠한 성형수술도 하지 않겠다는 각서를 박 교감님한테 써드렸다고 한다. 언니 말대로 '청춘의 밀당 연애'도 아니고, 참으로 외할머니답다.

나도 요즘엔 무척이나 마음이 평온하다. 특히 거울을 들여다볼수록 나는 내 얼굴이 너무 사랑스럽고 만족스럽다. 작년에 내가 왜 성형수술을 하려고 그토록 안달을 했는지 이해가 가지 않을 정도로. 이런 나를 두고 선아와 인주는 '자뻑이 너무 심하다', '근자감 쩐다'면서 놀려대기도 하지만. 더구나 내일은 '본맹청청 일주년 기념 여름캠프'가 모교인 꽃뫼중학교 강당에서 열린다. 전국 방방곡곡에서 모여들 본맹청청 회원들을 생각하니 벌써부터 가슴이 뿌듯했다.

달콤한 생크림을 맛보면서 이런저런 생각을 하고 있는데 엄마가 소리쳤다.

"혜규야. 케이크 타나 보다. 냄새 난다!"

"어맛, 진짜!"

나는 얼른 가스레인지 불을 끄고 팬 뚜껑을 열었다. 약한 불에 올려놓았는데도 딴 생각하는 사이에 시간이 너무 많이 지났나 보다. 다행히 케이크는 모양 좋게 잘 부풀어 오른 데다 맨 아랫부분만 노릇노릇할 뿐 딱히 탔다고는 할 수 없었다. 젓가락으로 콕콕 찔러 보니 설익은 부분도 없이 골고루 잘 익은 듯했다.

케이크에 생크림을 얹은 후 그 위에 딸기 세 개를 놓고 녹차가루도 뿌렸다. 가장자리를 뺑 둘러가며 조각 초콜릿도 박았다. 이렇게 멋들어지게 장식한 케이크를 식탁 위에 올려놓자 언니가 눈을 휘둥그레 떴다.

"우와! 이걸 우리 동생이 만든 거야? 일류 파티셰 저리 가라네!"

"그러게 혜규 케이크 덕분에 식탁이 다 화려하다."

엄마까지 맞장구를 치자 아빠가 두 팔을 벌린 채 짐짓 근엄하게 말했다.

"으흠, 아빠는 우리 딸들 진짜 자랑스럽다. 큰딸은 아나운서, 작은딸은 개념 찬 여고생. 나처럼 자식 잘 둔 사람 있음 나와 보라 그래!"

나는 얼른 브레이크를 걸었다.

"아빠, 그만! 아빤 다 좋은데, 흠이 있다면 너무 오버한다는 거야. 선을 넘지 말아야 하는데 꼭 넘어가서 오버를 하거든. 그것만 고치면 참 좋겠는데."

"그래도 오버 덕분에 일생이 해맑잖아. 우중충하지 않고."

아빠 말이 우스워 모두들 웃음을 터뜨렸다.

아침을 먹고서 우리는 케이크에 촛불 일곱 개를 꽂고 언니의 새 출발을 축하해주었다. 축하 노래가 끝난 후 촛불을 끄며 언니는 무척이나 행복해했다. 생짜 초보가 초스피드로 만든 것이었는데도 케이크는 무척 맛이 있었다.

조금 뒤 감색 정장 투피스에 검정 하이힐을 신은 언니가 아빠와 함께 집을 나섰다. 아빠가 언니를 방송국까지 직접 태워다 주기로 한 것이었다. 현관에서 두 사람을 배웅하고 들어오며 외할머니가 혼잣말 하듯 말했다.

"우리 혜윤이, 저렇게 곱고 예쁜데 얼굴에 칼을 댔으면 어쩔 뻔했누."

"아이, 그건 엄마가 할 말은 아니잖수?"

엄마의 핀잔에 외할머니가 멋쩍은 듯 대꾸했다.

"내가 뭘."

"혜윤이한테 수술 부추긴 게 엄마잖아요. 사각턱 깎아라, 입술에 보톡스 넣어라, 하면서."

"내가? 암튼 수술 안 하길 정말 잘했지. 나도 이젠 절대로 얼굴에 손 안 댈 텨."

외할머니가 쑥스러워하며 빙긋 웃었다.

나는 방으로 들어가 컴퓨터를 켜고 '본맹청청' 카페에 접속했다. 본맹청청을 만든 지 이제 일 년 남짓. 그새 회원도 부쩍 늘어 천 명이 넘는다. MBS 아홉 시 뉴스를 비롯해 여러 방송 매체와 신문에 소개된 덕분도 있지만, 우리 모임에 공감하는 청소년들이 그만큼 많기 때문일 거라고 나는 생각한다.

얼떨결에 나는 본맹청청 여학생 대표까지 맡게 되었다. 안 한다고 했는데도 내가 가장 적임자라며 친구들이 등을 떠밀었기 때문이다. 원래는 성형수술을 혐오했는데 부상을 당하면서 관심을 갖게 됐고, 그래서 성형수술 클럽까지 만들었다가 완전히 전향한 케이스라서 대표를 맡기에 나만한 애가 없다는 이유였다. 본맹청청

남학생 대표는 당연히 호찬이 맡았다.

정말 고마운 일은 린쌤과 김정미 박사님이 스스로 나서서 우리 모임의 후원자가 돼주었다는 거다. 그뿐 아니라 두 분은 선생님들과 의사들을 모아 본맹청청 후원자 그룹까지 만들었다. 정말 든든하고 믿음직스런 백이 아닐 수 없었다.

참, 노댕쌤은 작년 여름방학 무렵 꽃뵈중 선생님으로 돌아왔다. 꽃뵈중 아이들 90퍼센트 이상이 '노댕쌤은 돌아오라' 운동에 서명을 한 데다 본맹청청 창립 회원들이 노댕쌤을 직접 찾아가 간곡히 부탁을 드린 결과였다. 나중에 알고 보니 노댕쌤은 교통사고로 얼굴이 완전히 망가지는 바람에 성형수술을 할 수밖에 없었다고 한다.

마침 본맹청청 카페엔 호찬과 인주도 들어와 있었다. 나하고 선아만 같은 인문계 고등학교이고 호찬은 특목고, 인주는 자사고로 진학해 우리는 얼굴을 자주 보지는 못한다. 그렇지만 마음만 먹으면 언제라도 이렇게 카페에서 만날 수 있기 때문에 결코 멀리 있는 것처럼 느껴지지 않는다. 더구나 이번 일주일 동안은 본맹청청 여름캠프를 준비하느라 이틀에 한 번꼴로 계속 만나 더 가깝게 느껴졌다.

회원 수가 늘어나고 공개 카페가 되면서 우린 실명이 아니라 모두 닉네임으로 아이디를 바꿨다. 호찬은 호빵맨, 인주는 함초롱, 선아는 파인비비, 나 강혜규는 뮬란으로.

채팅창이 열리더니 호빵맨이 나를 채팅에 초대했다는 메시지가 떴다. 나는 채팅을 수락하고 얼른 채팅창으로 들어갔다.

호빵맨] 주목! 긴급 뉴스 있음.
물란] 또 뭔데?
호빵맨] 우리 아빠, 대학 병원으로 도로 가셨어.
함초롱] 와아, 정말?
호빵맨] 응, 이젠 미용 성형수술보다는 치료 목적의 성형수술 위주로
　　　하실 거래.
　　　새엄마하고도 다 얘기가 됐다 함.
　　　우리 본맹청청도 후원해주시겠대. 뜻있는 성형외과 전문의들
　　　도 모아주시구.
물란] 멋지시당.
파인비비] 와우, 힘난다! 우리 본맹청청을 도와주는 분들이 많아서.
함초롱] 참, 우리 엄만 이번 캠프에 취재하러 온대. 그것도 기대하셈.

가슴이 벅차고 뿌듯했다. 어려운 여건 속에서도 열심히 캠프를 준비한 보람이 있는 것 같아서. 물론 우리끼리만 준비한 건 아니고, 린쌤과 노댕쌤을 비롯한 여러 후원자 선생님들이 많이 도와주셨지만 말이다. 아, 부디 재미있고 뜻깊은 캠프가 되었으면.

19년 후에 만나

청소년 수련관 정문으로 들어서자 강당 앞에 걸린 커다란 현수막이 눈에 띄었다.

> **본맹청청 여름캠프에 오신 여러분을 격하게 환영합니다!**

나는 캠프 개회식이 열릴 강당을 향해 발걸음을 빨리했다. 본맹청청 캠프에 참가하는 아이들인지, 우리 또래 중고생들이 밝은 얼굴로 끼리끼리 강당 쪽으로 가고 있었다. 그중엔 내 얼굴을 아는지, 웃으면서 눈인사를 하는 아이들도 있었다. 나도 고개를 숙여 반가이 인사를 했다.

강당은 입구에서부터 들썩들썩했다. 신나는 노래가 울려 퍼지는 가운데, 강단 앞 와이드 스크린에 가사와 에어로빅 영상이 비춰지고 있고, 그걸 따라 아이들이 신나게 몸을 흔들어대고 있기 때문이었다.

> 얼굴 찌푸리지 말아요. 모두가 힘들잖아요
>
> 기쁨의 그날 위해 함께할 친구들이 있잖아요
>
> 혼자라고 느껴질 때면 주위를 둘러보세요
>
> 이렇게 많은 이들 모두가 나의 친구랍니다
>
> 우리 가는 길이 결코 쉽진 않을 거예요
>
> 때로는 모진 시련에 좌절도 하겠지요
>
> 우리의 친구들과 함께라면 두렵지 않아
>
> 우리 모두 함께 손을 잡고
>
> One Two! One Two, Three, Four!!*

나도 노래를 따라 부르며 운영진 석으로 뛰어갔다. 호찬과 선아, 인주는 이미 와서 개회식 준비를 하느라 정신이 없었다.

"아니, 뮬란 대표님, 이렇게 늦게 오심 어쩔?"

---

* 최창헌 작사·작곡 〈얼굴 찌푸리지 말아요〉 가사

호찬이 농담조로 말했다. 난 어깨를 으쓱해 보이곤 와이드 스크린을 가리켰다.

"근데 에어로빅 선생님이 누구야? 린쌤이 섭외해주신다고 하곤 말 안 했잖아?"

"정확하신 울 쌤께서 어련히 알아서 해주실까. 근데 어디 가셨지?"

호찬의 말에 인주가 고개를 갸웃거렸다.

"글쎄, 아까부터 안 보이시던데?"

음악이 바뀌더니 와이드 스크린에 또 다른 가사와 동영상이 비춰졌다.

딴따라 딴딴 딴따라 딴딴 딴따라 딴딴 딴따라 딴딴

전주가 울려 퍼지자마자 남자애들이 휙휙 휘파람을 불어댔다.

잊어 모두 다 잊어 그런 사랑 하나로 울지 마
그냥 쉽게 스칠 인연에 왜 그리 애태웠는지*

---

* 코요테 작사·주영훈 작곡 〈Together〉 가사

그때 강단 옆 커튼을 젖히고 두 사람이 휙 뛰쳐나왔다. 남자와 여자이고 에어로빅 선생님들 같은데 얼굴을 코믹한 가면으로 가리고 있어 누군지 알 수 없었다.

어쨌든 노래는 흥겹게 흐르고 에어로빅 선생님들의 율동은 경쾌하기만 했다. 아이들도 선생님들 몸짓을 따라 무척이나 신나게 몸을 흔들어댔다. 우리 넷도 운영진 석에서 몸을 들썩거리며 강단 위를 지켜보았다.

지난 아픔은 던져버려 저 높은 하늘 위로
Say want together 큰 소리로 세상 끝까지 소리쳐 봐
이제껏 흘려왔던 내 눈물만큼 마음껏 외치는 거야
That's all forever 모두 잊고 기쁨만으로 날 채워봐
이제는 더 이상 내게 슬픔은 없어 그렇게 믿어봐!

노래가 막바지 부분에 다다랐을 때였다. 두 에어로빅 선생님이 점프를 하면서 얼굴에 쓴 가면을 휙 벗어젖혔다.

"와아아!"

"꺄악~!"

아이들이 환호하며 소리를 질러댔다. 가면을 벗어젖힌 두 사람이 다름 아닌 린쌤과 노댕쌤이었기 때문이다.

"어머, 저 쌤들이 언제 에어로빅을 배웠대?"

"우와, 연습 많이 했나봐. 완전 수준급이다!"

선아와 인주가 소리치는데, 바지 주머니에서 핸드폰이 울렸다. 유라가 보낸 카톡이 들어와 있었다.

— 혜규야, 본맹청청 캠프 축하축하!

　우리도 다음 주에 캠프 연다. 플라스틱 빔보 캠프!

— 알아, 뉴스 봤어. 플빔 캠프도 축하!

— 그래! 그럼 잘 지내.

— 고마워, 너도!

나도 가끔 들어가 봐서 아는데, 플라스틱 빔보 클럽도 작년에 공개 카페로 바뀌어 우리 본맹청청 못지않게 청소년 회원이 크게 늘어났다. 선생님과 의사, 연예인 등 후원해주는 어른들도 적지 않은 듯했다.

사실 일 년 전쯤 내가 플라스틱 빔보 클럽과 카페를 떠났을 때 유라, 미연, 정하와 우리 본맹청청 친구들 사이는 완전 최악이었다. 학교 현관에 본맹청청 대자보를 붙였을 때는 더 그랬다. 하지만 그 한 달 후 우리는 다 같이 만나 마음을 털어놓고 쿨하게 화해했다. 서로 미워하지 말고 각자 다른 길을 걷는 것을 인정하자고,

대신 20년 후에 만나 성형수술 하지 않은 얼굴과 수술한 얼굴, 즉 '본판'과 '성판'의 대결을 펼쳐보자고. 그로부터 이제 1년이 지났다. 19년 후 과연 어느 쪽이 이길지는 세월이 알려줄 거다.

카톡을 빠져나오려는데 유라가 또다시 카톡을 띄웠다.

— 참, 너 아니? 린쌤하고 노댕쌤, 썸 타고 있는 거?
— 진짜?
— 응. 내 동생 꽃뫼중 2학년이잖아. 학교에 소문 짜하대.
— 우와, 놀랍네. 근데 둘이 잘 어울리긴 해. 잘됐음 좋겠다.

일주일 전 캠프를 준비하는 일 때문에 모였을 때, 린쌤과 노댕쌤이 풍기는 분위기가 뭔가 예사롭지 않기는 했다. 그래도 둘이 그런 사이인 줄은 꿈에도 미처 몰랐다.

하긴 나도 본맹청청 활동을 하면서 호찬과 부쩍 가까워졌다. 우린 벌써 50일 기념 이벤트도 치렀다. 그날 호찬은 내게……, 아 이건 우리 둘만의 비밀이니까 말하지 않겠다. 아무튼 난 호찬이 점점 더, 자꾸만 더 좋아진다. 원래 쌍꺼풀 굵은 남자는 내 스타일이 아닌데, 작년에 플빔 클럽 못 하게 하려고 나를 협박했던 것도 여전히 괘씸한데…….

유라와 카톡을 마친 후 나는 핸드폰을 도로 주머니에 집어넣었다. 이제 곧 개회식이 시작될 시간이라 마음이 무척 바빴다.

　바로 그때 갑자기 요란한 함성이 울려 퍼졌다. 본판 아이돌 스타, 그러니까 성형수술을 하지 않은 아이돌 스타들이 강당에 하나둘 들어서기 시작한 것이었다. 나하고 호찬, 둘이서 머리를 짜내 기획한 '본판 아이돌 스타쇼'를 펼치기 위해서.

작가의 말

이 소설을 쓰는 동안 나는 자주 멈칫거렸다. 쓰다가 멈추고, 또 쓰다가 멈추기를 몇 번이나 되풀이했던 것이다. 심지어는 더는 쓰지 말자고 결심하곤 초고 파일을 컴퓨터 한구석에 처박아놓은 채 오랫동안 쳐다보지 않은 적도 있다. 이 소설을 통해 내가 십대들에게 과연 무슨 얘기를 할 수 있을지, 스스로도 매우 혼란스러웠기 때문이다.

『플라스틱 빔보』는 기성세대들이 만들어놓은 '덫'인 외모 지상주의에 갇힌 채, 하루에도 수없이 성형수술 카페나 성형외과 홈페이지를 기웃거릴 십대들에게 말을 걸고 싶어서 쓰기 시작한 소설이다. 지구촌의 하고많은 나라 중에서 하필(!) '성형수술 천국'인대한민국에서 태어나 성형수술의 유혹에 무방비 상태로 노출돼 있는 우리 십대들에 대한 연민으로부터 출발한 작품이기도 하다. 그래서 나름 자료 조사와 취재도 치밀하게 하고, 뼈대도 꽤 탄탄하게 세워놓고서 소설을 쓰기 시작했다.

그런데 쓰면 쓸수록 이야기를 진행시키기가 점점 어려워지는 것이었다. '미용'을 위한 성형수술이 판을 치고 성형수술에 대한 정보가 차고 넘치는 이 세태에서, 텔레비전만 틀면 성형수술 한 사실을 자랑스레 떠벌리는 연예인들을 숱하게 볼 수 있는 요즘 세상에서, 내가 과연 성형수술에 대해 십대들에게 무슨 말을 할 수 있을까, 정리가 되지 않은 까닭이었다.

무엇보다도 나는 두려웠다. 자칫 '성형수술에 목숨을 걸다가는 정말로 목숨을 걸거나 후유증으로 고생할 수도 있다'는 뻔한 메시지를 전하게 될 것 같아서. 나도 모르는 사이에 '외모와 성형수술에 신경 쓸 시간에 내면을 아름답게 가꿔라'라는 교훈적인 얘기를 해버릴 것 같아서. 설령 내가 그런 생각을 갖고 있다고 한들, 그래서 이 소설에서 은연중 그것을 강조한다고 한들, 그런 얘기가 요즘 십대들에게 통하기나 하겠는가?

아울러 나를 괴롭힌 고민이 또 하나 있었으니, 그건 아주 심한 외모 콤플렉스에 빠져 있는 십대를 만난다면 나는 그에게 성형수술 말고 어떤 대안을 제시해줄 수 있을까 하는 것이었다. 바로 이런 이유들 때문에 이 소설을 쓰다가도 자꾸만 멈칫거렸고, 오랫동안 쓰지 않은 채로 접어두기도 했던 것이다.

그러던 어느 날 신문기사를 보고서 나는 어떻게든 이 소설을 완성시키기로 스스로 마음을 다잡았다. 한 여고생이 쌍꺼풀 수술과 코를 높이는 성형수술을 받던 도중 뇌사 상태에 빠졌다는 기사였다. 그 기사를 보면서 나는 일종의 사명감 같은 것마저 가져야 했다. 청소년문학을 하는 작가 중의 누군가는 십대들의 중요한 관심사인 성형수술에 대해 어떤 식으로든 얘기를 건네야 하지 않을까 하는 그런 사명감…….

그래서 나는 컴퓨터 한구석에 처박아뒀던 묵은 초고를 꺼내『플라스틱 빔보』를 다시 써내려가기 시작했다. 대신 이 소설을 다시 쓰기 시작하면서 십대들에게 어떤 메시지를 들려줄지에 대해서는 너무 고민하지 않기로 했다. 내가 알고 있는, 혹은 취재를 통해 알아낸 성형수술에 대한 모든 얘기를 들려주되, '미용'을 위한 성형수술의 옳고 그름에 대한 판단은 십대들 스스로에게 맡기기로 한 것이다.

이런 생각을 바탕으로 하고 있기 때문에『플라스틱 빔보』에는 성형수술을 꿈꾸는 요즘 십대들의 세태는 물론, 성형수술의 역사나 의학적 의미, 성형수술의 종류와 장단점, 미용 성형수술의 부작용과 후유증 등 성형수술에 대한 거의 모든 것들이 담겨 있다. 또

한 우리 십대들의 모습도 성형수술을 고집하는 쪽과 성형수술을
반대하는 쪽의 두 갈래로 나뉘어 투영돼 있다.

성형수술에 관심을 갖고 있거나 성형수술로 외모를 업그레이드
할 수 있다고 믿는 우리 십대들에게 이 소설이 한 번쯤 깊이 있는
생각을 하게 되는 계기가 되기를 바란다.

2015년 겨울에, 봄을 기다리며

신현수

플라스틱 범보

© 신현수, 2015

초판 1쇄 발행일 | 2015년 12월 29일
초판 16쇄 발행일 | 2023년 10월 1일

지은이 | 신현수
펴낸이 | 정은영

펴낸곳 | (주)자음과모음
출판등록 | 2001년 11월 28일 제2001-000259호
주 소 | 10881 경기도 파주시 회동길 325-20
전 화 | 편집부 (02)324-2347, 경영지원부 (02)325-6047
팩 스 | 편집부 (02)324-2348, 경영지원부 (02)2648-1311
E-mail | jamoteen@jamobook.com

ISBN 978-89-544-3208-5 (43810)